Die Farm der Tiere

GEORGE ORWELL war ein englischer Schriftsteller, Essayist und Journalist. Durch seine Dystopien *Die Farm der Tiere*, eine satirische Fabel über den Sowjetkommunismus, und *1984*, eine Zukunftsvision von einem totalitären Staat, wurde er weltberühmt. Er gilt heute als einer der bedeutendsten Schriftsteller der englischen Literatur.

Der Herausgeber DIPL.-MATH. KLAUS-DIETER SEDLACEK, Jahrgang 1948, studierte in Stuttgart neben Mathematik und Informatik auch Physik. Nach fünfundzwanzig Jahren Berufspraxis in der eigenen Firma widmet er sich nun seinen privaten Forschungsvorhaben. Darüber hinaus ist er der Herausgeber mehrerer Buchreihen.

Über das Buch:

Eines Nachts versammeln sich alle Tiere vom "Herrenhof" in der großen Scheune, um Old Major zu lauschen. Der preisgekrönte alte Eber hatte einen Traum, in dem die Tiere der Farm das Joch der Unterdrückung abschütteln und nicht mehr nur für den unfähigen und ständig betrunkenen Bauer Jones arbeiten zu müssen. Er zeichnet ihnen eine blühende Zukunft und ruft sie zur Rebellion auf, doch kann er selbst nicht sagen, wann diese erfolgen wird. Ebenso lehrt er sie das mitreißende und visionäre Lied „Tiere von England".

Kurz darauf stirbt Old Major, und es scheint, als nähme alles weiterhin seinen gewohnten Lauf. Doch die Schweine, die als die intelligentesten Tiere der Farm gelten, arbeiten die Lehren Old Majors zu einem Denksystem aus. Und eines Tages passiert etwas ...

George Orwell

Die Farm
der Tiere

Eine Vision über bedenkliche
gesellschaftliche Entwicklungen.

Herausgegeben von
Klaus-Dieter Sedlacek

ToppBook Belletristik Bd. 11

Bibliografische Information der Deutschen Nationalbibliothek:
Die Deutsche Nationalbibliothek verzeichnet diese Publikation in der
Deutschen Nationalbibliografie; detaillierte bibliografische Daten
sind im Internet über dnb.dnb.de abrufbar

Übersetzung, Coverdesign, Satz in moderner Antiqua-Schrift:
Klaus-Dieter Sedlacek
https://toppbook.de

© 2021 Klaus-Dieter Sedlacek
Herstellung und Verlag: BoD – Books on Demand, Norderstedt

ISBN: 978-3-7526-4187-5

Inhaltsverzeichnis

KAPITEL I 7

KAPITEL II 13

KAPITEL III 20

KAPITEL IV 25

KAPITEL V 29

KAPITEL VI 37

KAPITEL VII 44

KAPITEL VIII 53

KAPITEL IX 63

KAPITEL X 72

Kapitel I

Mr. Jones vom "Herrenhof" hatte die Hühnerställe für die Nacht verschlossen, war aber zu betrunken, um daran zu denken, die Schlupflöcher zu schließen. Mit dem Lichtkreis seiner Laterne, der von einer Seite zur anderen tanzte, torkelte er über den Hof, trat seine Stiefel an der Hintertür ab, holte sich ein letztes Glas Bier aus dem Fass in der Spülküche und machte sich auf den Weg nach oben ins Bett, wo Mrs. Jones bereits schnarchte.

Kaum war das Licht im Schlafzimmer erloschen, ging ein Rütteln und Flattern durch die ganzen Wirtschaftsgebäude. Es hatte sich im Laufe des Tages herumgesprochen, dass der alte Major, das preisgekrönte mittlere weiße Wildschwein, in der vergangenen Nacht einen seltsamen Traum gehabt hatte und ihn den anderen Tieren mitteilen wollte. Es war vereinbart worden, dass sie sich alle in der großen Scheune treffen sollten, sobald Mr. Jones sicher aus dem Weg war. Der alte Major (so wurde er immer genannt, obwohl der Name, unter dem er vorgestellt worden war, Willingdon Beauty war) war auf der Farm so hoch angesehen, dass jeder bereit war, eine Stunde Schlaf zu verlieren, um zu hören, was er zu sagen hatte.

An einem Ende der großen Scheune, auf einer Art erhöhten Plattform, lag Major bereits auf seinem Strohbett unter einer Laterne, die an einem Balken hing. Er war zwölf Jahre alt und in letzter Zeit ziemlich dick geworden, aber er war immer noch ein majestätisch aussehendes Schwein, mit einer weisen und wohlwollenden Ausstrahlung, trotz der Tatsache, dass seine Hauer nie beschnitten worden waren. Schon bald begannen die anderen Tiere einzutreffen, und es sich nach ihrer Art und Weise gemütlich zu machen. Zuerst kamen die drei Hunde, Bluebell, Jessie und Pincher, und dann die Schweine, die sich im Stroh direkt vor der Plattform niederließen. Die Hühner hockten sich auf die Fensterbänke, die Tauben flatterten hinauf zu den Dachsparren, die Schafe und Kühe legten sich hinter den Schweinen nieder und begannen wiederzukäuen. Die beiden Wagenpferde, Boxer und Clover, kamen gemeinsam herein, gingen sehr langsam und setzten ihre riesigen haarigen Hufe mit großer Vorsicht ab, falls sich ein kleines Tier im Stroh verbergen sollte. Clover war eine stämmige, mütterliche Stute, die sich der Lebensmitte näherte und nach ihrem vierten Fohlen nie mehr ganz ihre Figur zurückerhalten hatte. Boxer war ein riesiges Tier, fast achtzehn Hände hoch, und so stark wie zwei gewöhnliche Pferde zusammen. Ein weißer Streifen auf der Nase verlieh ihm ein etwas dümmliches Aussehen, und tatsächlich war er nicht von erstklassiger Intelligenz, aber er war allgemein respektiert wegen seines beständigen Charakters und seiner enormen Arbeitskraft. Nach den Pferden kamen Muriel, die weiße Ziege und Benjamin, der Esel. Benjamin war das älteste Tier auf der Farm und das am schlechtesten gelaunte. Er sprach selten und wenn, dann meist mit einer zynischen Bemerkung - zum Beispiel sagte er, dass Gott ihm einen Schwanz gegeben hatte, um die Fliegen fernzuhalten, aber dass er lieber keinen Schwanz und keine Fliegen gehabt hätte. Als Einziger unter den Tieren auf der Farm hat er nie gelacht. Wenn man ihn fragte, warum, sagte er, dass er nichts sah, worüber er lachen konnte. Dennoch, ohne es offen zuzugeben, war er Boxer treu ergeben; die beiden verbrachten ihre Sonntage meist gemeinsam auf der kleinen Koppel hinter dem Obstgarten, grasten Seite an Seite und sprachen nie.

Die beiden Pferde hatten sich gerade hingelegt, als eine Entenbrut, die ihre Mutter verloren hatte, in die Scheune kam. Sie fiepten schwach und wanderten von einer Seite zur anderen, um einen Platz zu finden, an dem sie nicht zertreten werden konnten. Clover machte mit ihrem großen Vorderbein eine Art Mauer um sie herum und die Entenküken kuschelten sich darin ein und schliefen sofort ein. Im letzten Moment kam Mollie, die närrische, hübsche weiße Stute, die Mr. Jones' Falle aufgestellt hatte, zierlich herein getänzelt und kaute an einem Stück Zucker. Sie nahm einen Platz nahe der Front ein und begann mit ihrer weißen Mähne zu flirten, in der Hoffnung, die Aufmerksamkeit auf die roten Bänder zu lenken, die darin eingeflochten waren. Zuletzt kam die Katze, die sich wie immer nach dem wärmsten Platz umsah und sich schließlich zwischen Boxer und Clover quetschte; dort schnurrte sie zufrieden während Majors Rede, ohne ein Wort von dem zu hören, was er sagte.

Alle Tiere waren nun anwesend, außer Moses, dem zahmen Raben, der auf einer Sitzstange neben der Hintertür schlief. Als Major sah, dass sie es sich alle bequem gemacht hatten und aufmerksam warteten, räusperte er sich und begann:

"Kameraden, ihr habt bereits von dem seltsamen Traum gehört, den ich letzte Nacht hatte. Aber ich werde später zu dem Traum kommen. Vorher habe ich noch etwas anderes zu sagen. Ich glaube nicht, dass ich noch viele Monate bei euch sein werde, Kameraden, und bevor ich sterbe, empfinde ich es als meine Pflicht, die Weisheit, die ich erworben habe, an euch weiterzugeben. Ich hatte ein langes Leben, ich hatte viel Zeit zum Nachdenken, während ich allein in meinem Stall lag, und ich denke, ich kann sagen, dass ich die Natur des Lebens auf dieser Erde so gut verstehe, wie kein anderes Tier, das jetzt lebt. Genau darüber möchte ich zu euch sprechen.

"Nun, Kameraden, was ist die Natur unseres Lebens? Seien wir ehrlich: Unser Leben ist elend, mühsam und kurz. Wir werden geboren, man gibt uns gerade so viel zu essen, dass wir den Atem im Körper behalten können, und diejenigen von uns, die dazu fähig sind, werden gezwungen, bis zum letzten Atom ihrer Kräfte zu arbeiten; und in dem Moment, in dem unsere Nützlichkeit zu Ende ist, werden wir mit abscheulicher Grausamkeit geschlachtet. Kein Tier in England kennt die Bedeutung von Glück oder Freizeit, nachdem es ein Jahr alt ist. Kein Tier in England ist frei. Das Leben eines Tieres ist Elend und Sklaverei: Das ist die schlichte Wahrheit.

"Aber ist dies einfach Teil der Ordnung der Natur? Liegt es daran, dass unser Land so arm ist, dass es denen, die es bewohnen, kein anständiges Leben bieten kann? Nein, Kameraden, tausendmal nein! Der Boden Englands ist fruchtbar, sein Klima ist gut, er ist in der Lage, eine enorm größere Anzahl von Tieren zu ernähren, als er jetzt beherbergt. Unser einfacher Hof würde ein Dutzend Pferde, zwanzig Kühe und Hunderte von Schafen ernähren - und sie alle würden in einem Komfort und einer Würde leben, die wir uns heute kaum vorstellen können. Warum verharren wir dann in diesem miserablen Zustand? Weil uns fast der gesamte Ertrag unserer Arbeit von den Menschen gestohlen wird. Da, Kameraden, ist die Antwort auf all unsere Probleme. Sie lässt sich in einem einzigen Wort zusammenfassen - dem Menschen. Der Mensch ist der einzige wirkliche Feind, den wir haben. Entferne den Menschen von der Bildfläche, und die Ursache von Hunger und Überarbeitung ist für immer beseitigt.

"Der Mensch ist die einzige Kreatur, die konsumiert, ohne zu produzieren. Er gibt keine Milch, er legt keine Eier, er ist zu schwach, um den Pflug zu ziehen, er kann nicht schnell genug rennen, um Kaninchen zu fangen. Und doch ist er der Herr über alle Tiere. Er setzt sie zur Arbeit ein, er gibt ihnen das knappe Minimum zurück, das sie vor dem Verhungern bewahrt, und den Rest behält er für sich. Unsere Arbeit beackert den Boden, unser Mist düngt ihn, und doch gibt es nicht einen von uns, der mehr besitzt als seine nackte Haut. Ihr Kühe, die ich vor mir sehe, wie viele Tausend Liter Milch habt ihr in diesem vergangenen Jahr abgeliefert? Und was ist mit dieser Milch passiert, die eigentlich kräftige Kälber hätte ernähren sollen? Jeder Tropfen davon ist in die Kehlen unserer Feinde geflossen. Und ihr Hühner, wie viele Eier habt ihr im letzten Jahr gelegt und wie viele von diesen Eiern sind jemals zu Küken geworden? Der Rest ist zum Markt gegangen, um Geld für Jones und seine Leute einzubringen. Und du, Clover, wo sind die vier Fohlen, die du geboren hast und die die Stütze und Freude deines Alters sein sollten? Jedes wurde im Alter von einem Jahr verkauft - du wirst nie wieder eines von ihnen sehen. Im Gegenzug für deine vier Geburten und all deine Arbeit auf den Feldern, was hast du je bekommen, außer deiner kargen Ration und einem Stall?

"Und selbst das erbärmliche Leben, das wir führen, darf nicht seine natürliche Spanne erreichen. Ich für meinen Teil meckere nicht, denn ich gehöre zu den Glücklichen. Ich bin zwölf Jahre alt und habe über vierhundert Kinder bekommen. Das ist das natürliche Leben eines Schweins. Aber kein Tier entkommt am Ende dem grausamen Messer. Ihr jungen Schweine, die ihr hier vor mir sitzt, jeder Einzelne von euch wird innerhalb eines Jahres sein Leben am Block herausschreien. Zu diesem Horror müssen wir alle kommen - Kühe, Schweine, Hühner, Schafe, alle. Selbst die Pferde und die Hunde haben kein besseres Schicksal. Du, Boxer, an dem Tag, an dem deine großen Muskeln ihre Kraft verlieren, wird Jones dich an den Abdecker verkaufen, der dir die Kehle durchschneiden und dich für die Foxhounds abkochen wird. Und was die Hunde angeht, wenn sie alt und zahnlos werden, bindet Jones ihnen einen Ziegelstein um den Hals und ertränkt sie im nächsten Teich.

"Ist es denn nicht glasklar, Kameraden, dass alle Übel dieses unseres Lebens der Tyrannei des Menschen entspringen? Wir müssen nur den Menschen loswerden, und die Produkte unserer Arbeit würden uns gehören. Fast über Nacht könnten wir reich und frei werden. Was müssen wir also tun? Nun, Tag und Nacht arbeiten, mit Leib und Seele, für den Untergang der menschlichen Spezies! Das ist meine Botschaft an euch, Kameraden: Rebellion! Ich weiß nicht, wann diese Rebellion kommen wird, es könnte in einer Woche oder in hundert Jahren sein, aber ich weiß, so sicher, wie ich diesen Strohhalm unter meinen Füßen sehe, dass früher oder später Gerechtigkeit herrschen wird. Richtet eure Augen darauf, Kameraden, während des kurzen Restes eures Lebens! Und vor allem gebt diese Botschaft von mir an diejenigen weiter, die nach euch kommen, sodass zukünftige Generationen den Kampf weiterführen, bis er siegreich ist.

"Und denkt daran, Kameraden, eure Entschlossenheit darf niemals schwanken. Kein Argument darf euch in die Irre führen. Hört niemals zu, wenn sie euch sagen, dass der Mensch und die Tiere ein gemeinsames Interesse haben, dass das Wohlergehen des einen das Wohlergehen der anderen ist. Das sind alles Lügen. Der Mensch dient den Interessen keiner Kreatur außer sich selbst. Und unter uns Tieren soll es eine vollkommene Eintracht geben, eine vollkommene Kameradschaft im Kampf. Alle Menschen sind Feinde. Alle Tiere sind Kameraden."

In diesem Moment gab es einen gewaltigen Aufruhr. Während Major sprach, waren vier große Ratten aus ihren Löchern gekrochen und saßen auf ihren Hinterteilen, um ihm zuzuhören. Die Hunde hatten sie plötzlich entdeckt, und nur durch einen schnellen Sprung in ihre Löcher konnten die Ratten ihr Leben retten. Der Major hob seinen Traber zum Schweigen.

"Kameraden", sagte er, "hier ist ein Punkt, der geklärt werden muss. Die wilden Kreaturen, wie Ratten und Kaninchen - sind sie unsere Freunde oder unsere Feinde? Lasst uns darüber abstimmen. Ich schlage der Versammlung folgende Frage vor: Sind Ratten Kameraden?"

Die Abstimmung wurde sofort durchgeführt und eine überwältigende Mehrheit stimmte zu, dass Ratten Kameraden seien. Es gab nur vier Abweichler, die drei Hunde und die Katze, von der sich hinterher herausstellte, dass sie auf beiden Seiten gestimmt hatte. Der Major fuhr fort:

"Ich habe wenig mehr zu sagen. Ich wiederhole nur, erinnert euch immer an eure Pflicht der Feindschaft gegenüber dem Menschen und all seinen Wegen. Alles, was auf zwei Beinen geht, ist ein Feind. Alles, was auf vier Beinen geht oder Flügel hat, ist ein Freund. Und denke auch daran, dass wir im Kampf gegen den Menschen ihm nicht ähneln dürfen. Selbst wenn du ihn besiegt hast, solltest du nicht seine Laster übernehmen. Kein Tier darf jemals in einem Haus leben, in einem Bett schlafen, Kleidung tragen, Alkohol trinken, Tabak rauchen, Geld anfassen oder Handel treiben. Alle Gewohnheiten des Menschen sind böse. Und vor allem darf kein Tier jemals über seine eigene Art herfallen. Schwach oder stark, klug oder einfach, wir sind alle Brüder. Kein Tier darf jemals ein anderes Tier töten. Alle Tiere sind gleich.

"Und nun, Kameraden, werde ich euch von meinem Traum der letzten Nacht erzählen. Ich kann euch diesen Traum nicht beschreiben. Es war ein Traum von der Erde, wie sie sein wird, wenn der Mensch verschwunden ist. Aber er erinnerte mich an etwas, das ich schon lange vergessen hatte. Vor vielen Jahren, als ich ein kleines Schwein war, sangen meine Mutter und die anderen Säue ein altes Lied, von dem sie nur die Melodie und die ersten drei Worte kannten. Ich kannte diese Melodie in meiner Kindheit, aber sie war schon lange aus meinem Gedächtnis verschwunden. Letzte Nacht jedoch kam es in meinem Traum zu mir zurück. Und mehr noch, auch die Worte des Liedes kamen zurück - Worte, von denen ich sicher bin, dass sie von den Tieren vor langer Zeit gesungen wurden und die seit Generationen aus dem Gedächtnis verschwunden sind. Ich werde euch dieses Lied jetzt singen, Kameraden. Ich bin alt und meine Stimme ist heiser, aber wenn ich euch die Melodie beigebracht habe, könnt ihr es besser selbst singen. Es heißt die `Tiere von England'."

Der alte Major räusperte sich und begann zu singen. Wie er gesagt hatte, war seine Stimme heiser, aber er sang gut genug, und es war eine mitreißende Melodie, etwas zwischen 'Clementine' und 'La Cucaracha'. Die Worte lauteten:

Tiere von England, Tiere von Irland,
Tiere aller Länder und Provinzen,
Höret meine frohe Botschaft...
Von der goldenen zukünftigen Zeit.

Es kommt der Tag, früher oder später,
an dem der Tyrann Mensch ist gestürzt,
und Englands fruchtbare Auen
Tieren allein vorbehalten sind.

Ringe schwinden von unseren Nasen,
und die Gurte von unseren Rücken,
verrosten werden Gebiss und Sporen auf ewig,
niemals mehr werden grausame Peitschen knallen.

Reichtümer mehr als der Verstand sich vorstellt,
Weizen und Gerste, Hafer und Heu,
Klee, Bohnen und Wurzelgemüse
werden an diesem Tag die unseren sein.

Hell werden die Felder Englands leuchten,
Reiner werden seine Wasser sein,
Süßer noch werden seine Brisen wehen
An dem Tag, der frei uns macht.

Arbeiten sollen wir alle für diesen Tag
Auch wenn wir sterben, bevor er anbricht;
Kühe und Pferde, Gänse und Truthähne,
Für die Freiheit sich mühen, das sollen wir alle.

12

Tiere von England, Tiere von Irland,
Tiere aller Länder und Provinzen,
Höret gut und verkündet meine Botschaft
Von der goldenen zukünftigen Zeit.

Der Gesang dieses Liedes versetzte die Tiere in die wildeste Erregung. Fast noch bevor Major das Ende erreicht hatte, hatten sie begonnen, es selbst zu singen. Sogar die Dümmsten von ihnen hatten schon die Melodie und ein paar Worte aufgeschnappt, und die Schlauen, wie die Schweine und Hunde, konnten das ganze Lied schon nach wenigen Minuten auswendig. Und dann, nach ein paar ersten Versuchen, stimmte der ganze Hof in "Tiere von England" ein, in einem gewaltigen Gleichklang. Die Kühe muhten es, die Hunde jaulten es, die Schafe blökten es, die Pferde wieherten es, die Enten quakten es. Sie waren so begeistert von dem Lied, dass sie es gleich fünfmal hintereinander durchgesungen haben und vielleicht die ganze Nacht weitergesungen hätten, wenn sie nicht unterbrochen worden wären.

Unglücklicherweise weckte der Aufruhr Mr. Jones, der aus dem Bett sprang und sich vergewisserte, ob sich ein Fuchs im Hof befand. Er ergriff das Gewehr, das immer in einer Ecke seines Schlafzimmers stand, und ließ eine Ladung Schrot der Nummer 6 in die Dunkelheit fliegen. Die Kugeln vergruben sich in der Wand der Scheune und die Versammlung löste sich eilig auf. Jeder floh zu seinem eigenen Schlafplatz. Die Vögel sprangen auf ihre Sitzstangen, die Tiere ließen sich im Stroh nieder, und der ganze Hof war im Nu eingeschlafen.

Kapitel II

Drei Nächte später starb der alte Major friedlich im Schlaf. Sein Körper wurde am Fuße des Obstgartens begraben.

Das war Anfang März. Während der nächsten drei Monate gab es viel heimliche Aktivität. Majors Rede hatte den intelligenteren Tieren auf der Farm eine völlig neue Lebensperspektive gegeben. Sie wussten nicht, wann die von Major vorhergesagte Rebellion stattfinden würde, sie hatten keinen Grund zu glauben, dass es noch zu ihren Lebzeiten sein würde, aber sie sahen klar, dass es ihre Pflicht war, sich darauf vorzubereiten. Die Aufgabe, die anderen zu unterweisen und zu organisieren, fiel natürlich den Schweinen zu, die allgemein als die klügsten der Tiere angesehen wurden. An erster Stelle unter den Schweinen standen zwei junge Eber namens Snowball und Napoleon, die Mr. Jones für den

Verkauf aufzog. Napoleon war ein großer, ziemlich grimmig aussehender Berkshire-Eber, der einzige Berkshire auf der Farm, nicht sehr gesprächig, aber mit dem Ruf, seinen eigenen Willen durchzusetzen. Snowball war ein temperamentvolleres Schwein als Napoleon, schneller in der Sprache und erfinderischer, aber man sagte ihm nicht die gleiche Charaktertiefe nach. Alle anderen männlichen Schweine auf dem Hof waren Mastschweine. Das bekannteste unter ihnen war ein kleines, fettes Hausschwein namens Squealer, mit sehr runden Wangen, glitzernden Augen, flinken Bewegungen und einer schrillen Stimme. Er war ein brillanter Redner und wenn er über einen schwierigen Punkt argumentierte, hüpfte er von einer Seite zur anderen und wedelte mit dem Schwanz, was irgendwie sehr überzeugend wirkte. Die anderen sagten über Squealer, dass er Schwarz in Weiß verwandeln konnte.

Diese Drei hatten die Lehren des alten Majors zu einem kompletten Denksystem ausgearbeitet, dem sie den Namen Animalismus gaben. Mehrere Nächte in der Woche, nachdem Mr. Jones geschlafen hatte, hielten sie geheime Treffen in der Scheune ab und erklärten den anderen die Prinzipien des Animalismus. Am Anfang stießen sie auf viel Dummheit und Apathie. Einige der Tiere sprachen von der Pflicht zur Loyalität gegenüber Mr. Jones, den sie als "Master" bezeichneten, oder machten elementare Bemerkungen wie "Mr. Jones füttert uns. Wenn er weg wäre, würden wir verhungern." Andere stellten Fragen, wie "Warum sollte, es uns kümmern, was passiert, wenn wir tot sind?" oder "Wenn diese Rebellion sowieso stattfinden wird, welchen Unterschied macht es dann, ob wir dafür arbeiten oder nicht?", und die Schweine hatten große Mühe, ihnen klarzumachen, dass dies dem Geist des Animalismus widersprach. Die dümmsten Fragen von allen wurden von Mollie, der weißen Stute, gestellt. Die allererste Frage, die sie Snowball stellte, war: "Wird es nach der Rebellion noch Zucker geben?"

"Nein", sagte Snowball fest. "Wir haben keine Möglichkeit, Zucker auf dieser Farm herzustellen. Außerdem braucht ihr keinen Zucker. Du wirst so viel Hafer und Heu haben, wie du willst."

"Und darf ich dann noch Bänder in meiner Mähne tragen?", fragte Mollie.

"Kameradin", sagte Snowball, "diese Bänder, denen du so zugetan bist, sind das Abzeichen der Sklaverei. Kannst du nicht verstehen, dass die Freiheit mehr wert ist als Bänder?"

Mollie stimmte zu, aber sie klang nicht sehr überzeugt.

Die Schweine hatten einen noch härteren Kampf, um den Lügen, die von Moses, dem zahmen Raben, in Umlauf gebracht wurden, entgegenzuwirken. Moses, der das besondere Haustier von Mr. Jones war, war ein Spion und ein Märchenerzähler, aber er war auch ein geschickter Schwätzer. Er behauptete, er wisse von der Existenz eines geheimnisvollen Landes namens Sugarcandy Mountain, zu dem alle Tiere gingen, wenn sie starben. Es befand sich irgendwo oben im Himmel, ein wenig jenseits der Wolken, sagte Moses. In Sugarcandy Mountain war es sieben Tage die Woche Sonntag, Klee hatte das ganze Jahr über Saison und Würfelzucker und Leinkuchen wuchsen an den Hecken. Die Tiere hassten Moses, weil er Märchen erzählte und keine Arbeit verrichtete, aber einige von ihnen glaubten an den Sugarcandy Mountain, und die Schweine mussten sehr hart argumentieren, um sie davon zu überzeugen, dass es einen solchen Ort nicht gab.

Ihre treuesten Jünger waren die beiden Karrenpferde, Boxer und Clover. Diese beiden hatten große Schwierigkeiten, sich selbst Gedanken über etwas zu machen, aber nachdem sie die Schweine einmal als ihre Lehrer akzeptiert hatten, nahmen sie alles auf, was ihnen gesagt wurde, und gaben es mit einfachen Argumenten an die anderen Tiere weiter. Sie waren unermüdlich bei den geheimen Versammlungen in der Scheune dabei und leiteten den Gesang von den `Tieren von England', mit dem die Versammlungen immer endeten.

Nun, wie sich herausstellte, wurde die Rebellion viel früher und leichter erreicht, als irgendjemand erwartet hatte. In den vergangenen Jahren war Mr. Jones, obwohl ein harter Bursche, ein fähiger Farmer gewesen, aber in letzter Zeit war er auf schlechte Zeiten gestoßen. Er war sehr entmutigt, nachdem er in einem Rechtsstreit Geld verloren hatte, und hatte angefangen, mehr zu trinken, als ihm gut tat. Ganze Tage lang saß er in seinem Windsor-Stuhl in der Küche, las die Zeitung, trank und fütterte Moses gelegentlich mit in Bier getränkten Brotkrusten. Seine Männer waren untätig und unehrlich, die Felder standen voller Unkraut, die Gebäude mussten neu gedeckt werden, die Hecken waren ungepflegt und die Tiere unterernährt.

Der Juni kam und das Heu war fast fertig zum Mähen. Am Mittsommerabend, der ein Samstag war, ging Mr. Jones nach Willingdon und betrank sich im Red Lion so sehr, dass er erst am Sonntagmittag zurückkam. Die Männer hatten am frühen Morgen die Kühe gemolken und waren dann zum Kaninchenjagen ausgegangen, ohne sich die Mühe zu machen, die Tiere zu füttern. Als Mr. Jones zurückkam, legte er sich sofort mit der Zeitung "News of the World" über dem Gesicht auf dem Sofa im

Salon schlafen, sodass die Tiere, als es Abend wurde, immer noch nicht gefüttert waren. Schließlich konnten sie es nicht mehr aushalten. Eine der Kühe brach mit ihrem Horn die Tür des Lagerschuppens auf und alle Tiere begannen, sich aus den Tonnen zu bedienen. In diesem Moment wachte Mr. Jones auf. Im nächsten Moment standen er und seine vier Männer mit Peitschen in den Händen im Lagerschuppen und schlugen in alle Richtungen aus. Das war mehr, als die hungrigen Tiere ertragen konnten. Einmütig, obwohl nichts dergleichen vorher geplant war, stürzten sie sich auf ihre Peiniger. Jones und seine Männer sahen sich plötzlich von allen Seiten mit Schlägen und Tritten konfrontiert. Die Situation war ihnen völlig entglitten. Sie hatten noch nie zuvor gesehen, wie sich Tiere so verhielten und dieser plötzliche Aufstand von Tieren, die sie gewohnt waren, nach Belieben zu prügeln und zu malträtieren, erschreckte sie fast bis zur Ohnmacht. Nach nur ein oder zwei Augenblicken gaben sie es auf, sich zu verteidigen und machten sich aus dem Staub. Eine Minute später waren alle fünf in voller Flucht den Karrenweg hinunter, der zur Hauptstraße führte, und die Tiere verfolgten sie im Triumph.

Mrs. Jones schaute aus dem Schlafzimmerfenster, sah, was vor sich ging, warf eilig ein paar Habseligkeiten in eine Stofftasche und schlich sich auf einem anderen Weg von der Farm. Moses sprang von seiner Sitzstange und flatterte laut krächzend hinter ihr her. In der Zwischenzeit hatten die Tiere Jones und seine Männer auf die Straße gejagt und knallten das fünfsprossige Tor hinter ihnen zu. Und so war, fast bevor sie wussten, was geschah, die Rebellion erfolgreich durchgesetzt worden: Jones war vertrieben, und der Herrenhof gehörte ihnen.

In den ersten Minuten konnten die Tiere ihr Glück kaum fassen. Als Erstes galoppierten sie im Gänsemarsch um die Grenzen der Farm herum, als wollten sie sich vergewissern, dass sich nirgendwo ein Mensch versteckte; dann rannten sie zurück zu den Farmgebäuden, um die letzten Spuren von Jones' verhasster Herrschaft zu beseitigen. Der Geschirrraum am Ende der Ställe wurde aufgebrochen; die Gebisse, die Nasenringe, die Hundeketten, die grausamen Messer, mit denen Mr. Jones die Schweine und Lämmer zu kastrieren pflegte, wurden alle in den Brunnen geschleudert. Die Zügel, die Halfter, die Scheuklappen, die entwürdigenden Nasenriemen wurden auf das Müllfeuer geworfen, das im Hof brannte. Ebenso die Peitschen. Alle Tiere hüpften vor Freude, als sie die Peitschen in Flammen aufgehen sahen. Snowball warf auch die Bänder ins Feuer, mit denen die Mähnen und Schwänze der Pferde an Markttagen geschmückt wurden.

"Bänder", sagte er, "sollten als Kleidung betrachtet werden, die das Kennzeichen eines Menschen ist. Alle Tiere sollten nackt gehen."

Als Boxer dies hörte, holte er den kleinen Strohhut, den er im Sommer trug, um sich die Fliegen von den Ohren fernzuhalten, und warf ihn mit dem Rest auf das Feuer.

In kürzester Zeit hatten die Tiere alles vernichtet, was sie an Mr. Jones erinnerte. Napoleon führte sie zurück in den Lagerschuppen und verteilte eine doppelte Ration Mais an alle, mit zwei Keksen für jeden Hund. Dann sangen sie siebenmal hintereinander das Lied `Tiere von England` von vorne bis hinten, und danach legten sie sich für die Nacht nieder und schliefen, wie sie noch nie geschlafen hatten.

Aber im Morgengrauen wachten sie wie immer auf, und plötzlich erinnerten sie sich an die glorreiche Sache, die geschehen war, und rannten alle zusammen auf die Weide hinaus. Ein Stück weiter unten auf der Weide gab es eine Anhöhe, von der aus man einen Großteil des Hofes überblicken konnte. Die Tiere stürmten auf den Gipfel und blickten im klaren Morgenlicht um sich. Ja, es gehörte ihnen - alles, was sie sehen konnten, gehörte ihnen! In der Ekstase dieses Gedankens tollten sie herum und warfen sich in großen Sprüngen der Begeisterung in die Luft. Sie wälzten sich im Tau, stibitzten Bissen des süßen Sommergrases, traten Schollen der schwarzen Erde auf und schnupperten an deren reichem Duft. Dann machten sie eine Inspektionstour über den ganzen Hof und betrachteten mit sprachloser Bewunderung das Ackerland, das Heu, den Obstgarten, den Teich, das Buschwäldchen. Es war, als hätten sie diese Dinge noch nie zuvor gesehen, und selbst jetzt konnten sie kaum glauben, dass das alles ihnen gehörte.

Dann gingen sie zurück zu den Bauernhofgebäuden und blieben schweigend vor der Tür des Bauernhauses stehen. Das gehörte auch ihnen, aber sie hatten Angst, hineinzugehen. Einen Moment später stießen Snowball und Napoleon die Tür mit ihren Schultern auf und die Tiere traten im Gänsemarsch ein, wobei sie mit größter Vorsicht gingen, um nichts zu stören. Sie schlichen auf Zehenspitzen von Zimmer zu Zimmer, hatten Angst, mehr als ein Flüstern zu sprechen und starrten mit einer Art Ehrfurcht auf den unglaublichen Luxus, auf die Betten mit ihren Federmatratzen, die Spiegel, das Rosshaarsofa, den Brüsseler Teppich, die Lithografie von Königin Victoria über dem Kaminsims des Salons. Sie kamen gerade die Treppe hinunter, als Mollie als vermisst gemeldet wurde. Als sie zurückgingen, fanden die anderen heraus, dass sie im besten Schlafzimmer zurückgeblieben war. Sie hatte ein Stück blaues Band von Mrs. Jones' Schminktisch genommen, hielt es sich an die Schulter und bewunderte sich auf sehr törichte Weise im Glas. Die anderen machten ihr heftige Vorwürfe und sie gingen nach draußen. Einige Schinken, die in der Küche hingen, wurden herausgenommen, um sie zu begraben, und das Bierfass in der Spülküche wurde mit einem Tritt von Boxers Huf eingeschlagen, ansonsten wurde nichts im Haus angerührt. An Ort und Stelle wurde ein einstimmiger Beschluss gefasst, dass das Bauernhaus als Museum erhalten werden soll. Alle waren sich einig, dass dort niemals ein Tier wohnen darf.

Die Tiere frühstückten, und dann riefen Snowball und Napoleon sie wieder zusammen.

"Kameraden", sagte Snowball, "es ist halb sieben und wir haben einen langen Tag vor uns. Heute beginnen wir mit der Heuernte. Aber es gibt noch eine andere Sache, um die wir uns zuerst kümmern müssen."

Die Schweine verrieten nun, dass sie sich in den vergangenen drei Monaten das Lesen und Schreiben aus einem alten Buchstabierbuch beigebracht hatten, das den Kindern von Mr. Jones gehört hatte und das auf den Müllhaufen geworfen worden war. Napoleon schickte nach Töpfen mit schwarzer und weißer Farbe und führte den Weg hinunter zu dem fünfgliedrigen Tor, das auf die Hauptstraße führte. Dann nahm Snowball (denn es war Snowball, der am besten schreiben konnte) einen Pinsel zwischen seine beiden Haxen, strich HERRENHOF aus dem oberen Balken des Tores und malte an dessen Stelle FARM DER TIERE. Dies sollte von nun an der Name der Farm sein. Danach gingen sie zurück zu den Farmgebäuden, wo Snowball und Napoleon nach einer Leiter schickten, die sie an die Stirnwand der großen Scheune setzen ließen. Sie erklärten, dass es den Schweinen durch ihre Studien der letzten drei Monate gelungen war, die Prinzipien des Animalismus auf sieben Gebote zu reduzieren. Diese sieben Gebote würden nun an die Wand geschrieben werden; sie würden ein unabänderliches Gesetz bilden, nach dem alle Tiere auf der "Farm der Tiere" für immer leben müssten. Mit einiger Mühe (denn es ist nicht leicht für ein Schwein, auf einer Leiter zu balancieren) kletterte Snowball hoch und machte sich an die Arbeit, während Squealer ein paar Sprossen unter ihm den Farbtopf hielt. Die Gebote wurden in großen weißen Buchstaben auf die geteerte Wand geschrieben, die man noch aus dreißig Metern Entfernung lesen konnte. Sie lauteten wie folgt:

Die sieben Gebote

1. Alles, was auf zwei Beinen geht, ist ein Feind.

2. Alles, was auf vier Beinen geht oder Flügel hat, ist ein Freund.

3. Kein Tier soll Kleidung tragen.

4. Kein Tier soll in einem Bett schlafen.

5. Kein Tier darf Alkohol trinken.

6. Kein Tier darf ein anderes Tier töten.

7. Alle Tiere sind gleich.

Es war sehr ordentlich geschrieben, und außer dass "Freund" "Freind" geschrieben wurde und eines der "S" falsch herum war, war die Schreibweise durchgehend korrekt. Snowball las den Text laut vor, damit die anderen ihn verstehen konnten. Alle Tiere nickten zustimmend, und die Klügeren begannen sofort, die Gebote auswendig zu lernen.

"Nun, Kameraden", rief Snowball und warf den Pinsel hin, "auf die Heuwiese! Lasst uns eine Ehrensache daraus machen, die Ernte schneller einzubringen, als Jones und seine Männer es könnten."

Doch in diesem Moment setzten die drei Kühe, die schon seit einiger Zeit unruhig wirkten, ein lautes Wiehern an. Sie waren seit vierundzwanzig Stunden nicht mehr gemolken worden, und ihre Euter platzten fast. Nach kurzer Überlegung holten die Schweine Eimer und melkten die Kühe ziemlich erfolgreich, da ihre Klauen für diese Aufgabe gut geeignet waren. Bald gab es fünf Eimer mit schäumender, cremiger Milch, auf die viele der Tiere mit großem Interesse schauten.

"Was wird wohl mit der ganzen Milch passieren?", fragte jemand.

"Jones hat manchmal etwas davon in unseren Brei gemischt", sagte eine der Hennen.

"Kümmert euch nicht um die Milch, Kameraden!", rief Napoleon und stellte sich vor die Eimer. "Darum werden wir uns kümmern. Die Ernte ist viel wichtiger. Kamerad Snowball wird vorangehen. Ich werde in ein paar Minuten folgen. Vorwärts, Kameraden! Das Heu steht bereit."

So trotteten die Tiere hinunter zum Heufeld, um mit der Ernte zu beginnen, und als sie am Abend zurückkamen, bemerkte man, dass die Milch verschwunden war.

Kapitel III

Wie sie schufteten und schwitzten, um das Heu einzubringen! Aber ihre Anstrengungen wurden belohnt, denn die Ernte war ein noch größerer Erfolg, als sie gehofft hatten.

Manchmal war die Arbeit schwer; die Geräte waren für Menschen und nicht für Tiere entworfen worden, und es war ein großer Nachteil, dass kein Tier in der Lage war, irgendein Werkzeug zu benutzen, bei dem man auf den Hinterbeinen stehen musste. Aber die Schweine waren so schlau, dass sie sich für jede Schwierigkeit einen Ausweg ausdenken konnten. Was die Pferde betrifft, so kannten sie jeden Zentimeter des Feldes und verstanden die Arbeit des Mähens und Harkens viel besser, als Jones und seine Männer es je getan hatten. Die Schweine arbeiteten nicht wirklich, sondern leiteten und beaufsichtigten die anderen. Mit ihrem überlegenen Wissen war es nur natürlich, dass sie die Führung übernehmen sollten. Boxer und Clover schirrten sich vor den Mäher oder die Harke (in diesen Tagen brauchte man natürlich keine Gebisse oder Zügel) und stapften stetig um das Feld herum, während ein Schwein hinterherlief und "Hüa, Kamerad!" oder "Brrr, Kamerad!" rief, je nachdem. Und jedes Tier, bis hinunter zum einfachsten, arbeitete beim Wenden und Einsammeln des Heus. Sogar die Enten und Hühner schufteten den ganzen Tag in der Sonne hin und her und trugen winzige Fetzen Heu in ihren Schnäbeln. Am Ende waren sie mit der Ernte in zwei Tagen weniger Zeit fertig, als Jones und seine Männer sonst brauchten. Außerdem war es die größte Ernte, die die Farm je gesehen hatte. Es gab keinerlei Verschwendung; die Hühner und Enten mit ihren scharfen Augen hatten den allerletzten Halm aufgesammelt. Und kein einziges Tier auf der Farm hatte auch nur einen Bissen gestohlen.

Den ganzen Sommer über lief die Arbeit auf der Farm wie am Schnürchen. Die Tiere waren glücklich, wie sie es nie für möglich gehalten hätten. Jeder Bissen Nahrung war eine wahre Freude, jetzt, da es wirklich ihre eigene Nahrung war, von ihnen selbst und für sie selbst produziert, nicht von einem widerwilligen Meister. Ohne die wertlosen, parasitären Menschen gab es für alle mehr zu essen. Es gab auch mehr Freizeit, so unerfahren die Tiere auch waren. Sie stießen auf viele Schwierigkeiten - zum Beispiel später im Jahr, als sie das Getreide ernteten, mussten sie es auf die alte Art und Weise austreten und die Spreu mit ihrem Atem wegblasen, da die Farm keine Dreschmaschine besaß - aber die Schweine mit ihrer Klugheit und Boxer mit seinen gewaltigen Muskeln zogen sie immer durch. Boxer war die Bewunderung von allen.

Schon zu Jones' Zeiten war er ein harter Arbeiter gewesen, aber jetzt schien er mehr wie drei Pferde als eines; es gab Tage, an denen die gesamte Arbeit der Farm auf seinen mächtigen Schultern zu ruhen schien. Von morgens bis abends schob und zog er, immer an der Stelle, wo die Arbeit am schwersten war. Er hatte mit einem der Hähne eine Abmachung getroffen, dass er morgens eine halbe Stunde früher als alle anderen angerufen wurde und sich freiwillig an der Arbeit beteiligte, die am dringendsten benötigt wurde, bevor die reguläre Arbeit des Tages begann. Seine Antwort auf jedes Problem, jeden Rückschlag, war "Ich werde härter arbeiten!" - was er zu seinem persönlichen Motto gemacht hatte.

Aber jeder arbeitete nach seiner Leistungsfähigkeit. Die Hühner und Enten zum Beispiel retteten bei der Ernte fünf Scheffel Mais, indem sie die verstreuten Körner aufsammelten. Niemand stahl, niemand murrte über seine Rationen, das Streiten und Beißen und die Eifersucht, die in den alten Tagen normale Merkmale des Lebens waren, waren fast verschwunden. Niemand drückte sich - oder fast niemand. Mollie, das stimmte, war nicht gut darin, morgens aufzustehen, und hatte die Eigenart, die Arbeit früh zu verlassen, mit der Begründung, sie habe einen Stein im Huf. Und auch das Verhalten der Katze war etwas eigenartig. Es wurde bald bemerkt, dass die Katze nie zu finden war, wenn es Arbeit zu erledigen gab. Sie verschwand stundenlang, um dann zu den Mahlzeiten oder am Abend nach getaner Arbeit wieder aufzutauchen, als ob nichts geschehen wäre. Aber sie hatte immer so gute Ausreden und schnurrte so liebevoll, dass es unmöglich war, nicht an ihre guten Absichten zu glauben. Der alte Benjamin, der Esel, schien seit der Rebellion völlig unverändert zu sein. Er verrichtete seine Arbeit auf dieselbe langsame, sture Art wie zu Jones' Zeiten, drückte sich nie und meldete sich auch nie freiwillig für zusätzliche Arbeit. Über die Rebellion und ihre Ergebnisse wollte er keine Meinung äußern. Als er gefragt wurde, ob er nicht glücklicher sei, jetzt wo Jones weg war, sagte er nur: "Esel leben eine lange Zeit. Keiner von euch hat jemals einen toten Esel gesehen", und die anderen mussten sich mit dieser kryptischen Antwort zufriedengeben.

Sonntags gab es keine Arbeit. Das Frühstück war eine Stunde später als sonst, und nach dem Frühstück gab es eine Zeremonie, die jede Woche unbedingt eingehalten wurde. Zuerst kam das Hissen der Flagge. Snowball hatte im Geschirrraum ein altes grünes Tischtuch von Mrs. Jones gefunden und darauf einen Huf und ein Horn in Weiß gemalt. Damit wurde jeden Sonntagmorgen der Fahnenmast im Garten des Farmhauses bestückt. Die Flagge war grün, erklärte Snowball, um die grünen Felder Englands darzustellen, während der Huf und das Horn die zukünftige Republik der Tiere bedeuteten, die entstehen würde, wenn die menschliche Spezies endgültig besiegt war. Nach dem Hissen der Flagge versammelten sich alle Tiere in der großen Scheune zu einer allgemeinen Versammlung, die als Meeting bekannt war. Hier wurde die Arbeit der kommenden Woche geplant und es wurden Beschlüsse gefasst und debattiert. Es waren immer die Schweine, die die Beschlüsse vorbrachten. Die anderen Tiere verstanden zwar, wie man abstimmt, aber ihnen fielen nie eigene Beschlüsse ein. Snowball und Napoleon waren bei den Debatten mit Abstand am aktivsten. Aber es fiel auf, dass die beiden nie einer Meinung waren: Welchen Vorschlag auch immer einer von ihnen machte, man konnte sich darauf verlassen, dass der andere ihn ablehnte. Sogar als beschlossen wurde - eine Sache, gegen die an sich niemand etwas einzuwenden hatte - die kleine Koppel hinter dem Obstgarten als Ruhestätte für Tiere, die die Arbeitsjahre hinter sich hatten, zur Verfügung zu stellen, gab es eine stürmische Debatte über das richtige Ruhestandsalter für jede Tierart. Das Treffen endete immer mit dem Singen von 'Tiere von England', und der Nachmittag wurde der Erholung gewidmet.

Die Schweine hatten den Geschirrraum als Hauptquartier für sich selbst eingerichtet. Hier lernten sie abends Schmieden, Schreinern und andere notwendige Künste aus Büchern, die sie aus dem Bauernhaus geholt hatten. Snowball beschäftigte sich auch damit, die anderen Tiere in sogenannten Tierkomitees zu organisieren. Darin war er unermüdlich. Er gründete das Eierproduktions-Komitee für die Hühner, die Saubere Schwänze-Liga für die Kühe, das Umerziehungs-Komitee für die wilden Kameraden (dessen Ziel es war, die Ratten und Kaninchen zu zähmen), die Weißere-Wolle-Bewegung für die Schafe und verschiedene andere, neben der Einrichtung von Kursen in Lesen und Schreiben. Im Großen und Ganzen waren diese Projekte ein Misserfolg. Der Versuch, die wilden Kreaturen zu zähmen, scheiterte zum Beispiel fast sofort. Sie verhielten sich weiterhin so wie zuvor und wenn man sie großzügig behandelte, nutzten sie dies einfach aus. Die Katze schloss sich dem Umerziehungs-Komitee an und war einige Tage lang sehr aktiv darin. Eines Tages wurde sie gesehen, wie sie auf einem Dach saß und mit einigen Spatzen sprach, die sich gerade außerhalb ihrer Reichweite befanden. Sie erzählte ihnen, dass alle Tiere nun Kameraden seien und dass jeder Spatz, der wollte, kommen und sich auf ihre Pranke setzen könne; aber die Spatzen blieben auf Abstand.

Der Lese- und Schreibunterricht war jedoch ein großer Erfolg. Bis zum Herbst konnte fast jedes Tier auf der Farm in gewissem Maße lesen und schreiben.

Was die Schweine betraf, so konnten sie bereits perfekt lesen und schreiben. Die Hunde lernten ziemlich gut lesen, waren aber nicht daran interessiert, irgendetwas außer den Sieben Geboten zu lesen. Muriel, die Ziege, konnte etwas besser lesen als die Hunde und las den anderen manchmal abends aus Zeitungsschnipseln vor, die sie auf dem Müllhaufen fand. Benjamin konnte so gut lesen wie jedes Schwein, aber er übte seine Fähigkeit nie aus. Soweit er wusste, sagte er, gab es nichts, was sich zu lesen lohnte. Clover lernte das ganze Alphabet, konnte aber keine Wörter zusammensetzen. Boxer kam nicht über den Buchstaben D hinaus. Er zeichnete mit seinem großen Huf A, B, C, D in den Staub und starrte dann mit angelegten Ohren auf die Buchstaben, schüttelte manchmal seine Stirnlocke und versuchte sich mit aller Kraft zu erinnern, was als nächstes kam, aber es gelang ihm nicht. Bei mehreren Gelegenheiten lernte er tatsächlich E, F, G und H, aber als er sie kannte, stellte sich immer heraus, dass er A, B, C und D vergessen hatte. Schließlich beschloss er, sich mit den ersten vier Buchstaben zu begnügen und schrieb sie ein- oder zweimal am Tag auf, um sein Gedächtnis aufzufrischen. Mollie weigerte sich, bis auf die sechs Buchstaben, die ihren eigenen Namen buchstabierten, alles zu lernen. Sie formte diese sehr ordentlich aus einem Stück Zweig, schmückte sie mit einer Blume oder zwei und lief damit herum und bewunderte sie.

Keines der anderen Tiere auf dem Bauernhof kam weiter als bis zum Buchstaben A. Es wurde auch festgestellt, dass die dümmeren Tiere, wie die Schafe, Hühner und Enten, nicht in der Lage waren, die Sieben Gebote auswendig zu lernen. Nach langem Nachdenken erklärte Snowball, dass die Sieben Gebote im Grunde auf eine einzige Maxime reduziert werden können, nämlich: "Vier Beine gut, zwei Beine schlecht." Dies, so sagte er, enthalte das wesentliche Prinzip des Animalismus. Wer es gründlich begriffen habe, sei vor menschlichen Einflüssen sicher. Die Vögel widersprachen zunächst, da es ihnen so vorkam, als hätten sie auch zwei Beine, aber Snowball bewies ihnen, dass dies nicht so war.

"Der Flügel eines Vogels, Kameraden", sagte er, "ist ein Organ der Fortbewegung und nicht der Manipulation. Er sollte daher als ein Bein betrachtet werden. Das Erkennungsmerkmal des Menschen ist die HAND, das Instrument, mit dem er all sein Unheil anrichtet."

Die Vögel verstanden Snowballs lange Worte nicht, aber sie akzeptierten seine Erklärung, und alle bescheideneren Tiere machten sich an die Arbeit, um die neue Maxime auswendig zu lernen. VIER BEINE GUT, ZWEI BEINE SCHLECHT, stand an der Stirnwand der Scheune, über den Sieben Geboten und in größeren Buchstaben Als sie es einmal auswendig gelernt hatten, entwickelten die Schafe eine große Vorliebe für diese Maxime, und oft, wenn sie auf der Weide lagen, fingen sie alle an zu blöken "Vier Beine gut, zwei Beine schlecht! Vier Beine gut, zwei Beine schlecht!", und das stundenlang, ohne müde zu werden.

Napoleon interessierte sich nicht für Snowballs Komitees. Er sagte, dass die Erziehung der Jungen wichtiger sei, als alles, was man für die bereits Erwachsenen tun könne. Es geschah, dass Jessie und Bluebell kurz nach der Heuernte Nachwuchs bekamen und zusammen neun kräftige Welpen zur Welt brachten. Sobald sie entwöhnt waren, nahm Napoleon sie ihren Müttern weg und sagte, dass er sich um ihre Erziehung kümmern würde. Er nahm sie mit auf einen Dachboden, den man nur über eine Leiter vom Geschirrraum aus erreichen konnte, und hielt sie dort in solcher Abgeschiedenheit, dass der Rest des Hofes ihre Existenz bald vergaß.

Das Rätsel, wohin die Milch ging, wurde bald aufgeklärt. Sie wurde jeden Tag in den Schweinebrei gemischt. Die frühen Äpfel waren nun reif, und das Gras des Obstgartens war mit Fallobst übersät. Die Tiere hatten wie selbstverständlich angenommen, dass diese gleichmäßig verteilt werden würden; eines Tages jedoch erging der Befehl, dass alle Falläpfel eingesammelt und zur Verfügung der Schweine in den Geschirrraum gebracht werden sollten. Daraufhin murrten einige der anderen Tiere, aber es war sinnlos. Alle Schweine waren sich in diesem Punkt einig, sogar Snowball und Napoleon. Squealer wurde geschickt, um den anderen die nötigen Erklärungen zu geben.

"Kameraden!", rief er. "Ihr glaubt doch hoffentlich nicht, dass wir Schweine dies aus Egoismus und Privilegien tun? Viele von uns mögen tatsächlich keine Milch und keine Äpfel. Ich selbst mag sie nicht. Unser einziges Ziel bei der Einnahme dieser Dinge ist es, unsere Gesundheit zu erhalten. Milch und Äpfel (das hat die Wissenschaft bewiesen, Kameraden) enthalten Substanzen, die für das Wohlbefinden eines Schweins absolut notwendig sind. Wir Schweine sind Gehirnarbeiter. Das gesamte Management und die Organisation dieser Farm hängen von uns ab. Tag und Nacht wachen wir über euer Wohlergehen. Es ist zu DEINEM Wohle, dass wir diese Milch trinken und diese Äpfel essen. Weißt du, was passieren würde, wenn wir Schweine in unserer Pflicht versagen würden? Jones würde zurückkommen! Ja, Jones würde zurückkommen! Sicherlich, Kameraden", rief Squealer fast flehend, von einer Seite zur anderen hüpfend und mit dem Schwanz wedelnd, "sicherlich gibt es niemanden unter euch, der Jones zurückkommen sehen will?"

Wenn es nun eines gab, dessen sich die Tiere völlig sicher waren, dann war es, dass sie Jones nicht zurückhaben wollten. Als es ihnen in diesem Licht vor Augen geführt wurde, hatten sie nichts mehr dagegen zu sagen. Wie wichtig es war, die Schweine bei guter Gesundheit zu halten, war nur allzu offensichtlich. So einigte man sich ohne weitere Diskussion darauf, dass die Milch und die Fallobstäpfel (und auch die Haupternte an Äpfeln, wenn sie reif sind) allein den Schweinen vorbehalten sein sollten.

Kapitel IV

Im Spätsommer hatte sich die Nachricht von den Geschehnissen auf der Farm der Tiere in der halben Grafschaft verbreitet. Jeden Tag schickten Snowball und Napoleon Taubenschwärme aus, deren Aufgabe es war, sich unter die Tiere auf den benachbarten Farmen zu mischen, ihnen die Geschichte des Aufstandes zu erzählen und ihnen die Melodie von 'Tiere von England' beizubringen.

Die meiste Zeit hatte Mr. Jones damit verbracht, im Schankraum des Red Lion in Willingdon zu sitzen und sich bei jedem, der zuhören wollte, über die ungeheure Ungerechtigkeit zu beschweren, die er erlitten hatte, als er von einem Rudel Taugenichtse von seinem Besitz vertrieben wurde. Die anderen Farmer hatten im Prinzip Mitleid, aber sie halfen ihm zunächst nicht viel. Im Innersten fragte sich jeder von ihnen insgeheim, ob er Jones' Unglück nicht irgendwie zu seinem eigenen Vorteil nutzen könnte. Es war ein Glücksfall, dass die Besitzer der beiden Farmen, die an der Farm der Tiere angrenzten, permanent zerstritten waren. Eine von ihnen, die Foxwood hieß, war eine große, vernachlässigte, altmodische Farm, stark von Wald überwuchert, dessen Weiden verwildert waren und dessen Hecken sich in einem erbärmlichen Zustand befanden. Sein Besitzer, Mr. Pilkington, war ein lässiger Gentleman-Farmer, der die meiste Zeit damit verbrachte, zu fischen oder zu jagen, je nach Jahreszeit. Die andere Farm, die Pinchfield genannt wurde, war kleiner und besser gepflegt. Ihr Besitzer war ein Mr. Frederick, ein harter, durchtriebener Mann, der ständig in Rechtsstreitigkeiten verwickelt war und den Ruf hatte, knallharte Geschäfte zu machen. Diese beiden verabscheuten sich so sehr, dass es für sie schwierig war, sich zu einigen, selbst wenn es um die Verteidigung ihrer eigenen Interessen ging.

Trotzdem waren sie beide durch und durch erschrocken über den Aufstand auf der Farm der Tiere und sehr darauf bedacht, zu verhindern, dass ihre eigenen Tiere zu viel davon erfahren. Zuerst taten sie so, als würden sie die Idee, dass Tiere eine Farm selbst verwalten könnten, auslachen. Die ganze Sache würde in zwei Wochen vorbei sein, sagten sie. Sie taten so, als würden sich die Tiere auf dem Herrenhof (sie bestanden darauf, die Farm Herrenhof zu nennen; den Namen "Farm der Tiere" wollten sie nicht dulden) ständig untereinander streiten und auch schnell verhungern. Als die Zeit verging und die Tiere offensichtlich nicht verhungert waren, änderten Frederick und Pilkington ihren Ton und begannen, von der schrecklichen Bosheit zu sprechen, die nun auf der Farm der Tiere herrschte. Es wurde verbreitet, dass die Tiere dort Kannibalismus praktizierten, sich gegenseitig mit glühenden Hufeisen quälten und ihre Weibchen gemeinsam hatten. Das kam davon, wenn man gegen die Gesetze der Natur rebellierte, sagten Frederick und Pilkington.

Doch diese Geschichten wurden nie ganz geglaubt. Gerüchte über eine wunderbare Farm, auf der die Menschen vertrieben worden waren und die Tiere ihre eigenen Angelegenheiten verwalteten, kursierten weiterhin in vagen und verzerrten Formen, und das ganze Jahr über lief eine Welle der Rebellion durch die Lande. Stiere, die immer gefügig gewesen waren, wurden plötzlich wild, Schafe brachen Hecken nieder und fraßen den Klee, Kühe traten den Eimer um, Jagdhunde wehrten sich gegen die Zäune und jagten ihre Besitzer auf die andere Seite. Vor allem aber waren die Melodie und sogar der Text von 'Tiere von England' überall bekannt. Es hatte sich mit erstaunlicher Geschwindigkeit verbreitet. Die Menschen konnten ihre Wut nicht zurückhalten, als sie dieses Lied hörten, obwohl sie vorgaben, es nur lächerlich zu finden. Sie konnten nicht verstehen, sagten sie, wie selbst Tiere sich dazu bringen konnten, solch verächtlichen Müll zu singen. Jedes Tier, das beim Singen erwischt wurde, bekam auf der Stelle eine Tracht Prügel. Und doch war das Lied unüberhörbar. Die Amseln pfiffen es in den Hecken, die Tauben gurrten es in den Ulmen, es ging in den Lärm der Schmieden und den Klang der Kirchenglocken ein. Und wenn die Menschen es hörten, zitterten sie insgeheim, denn sie hörten darin eine Prophezeiung ihres zukünftigen Untergangs.

Anfang Oktober, als das Getreide gemäht und gestapelt war und ein Teil davon bereits gedroschen wurde, kam ein Schwarm Tauben durch die Luft geschwirrt und landete in der wildesten Aufregung im Hof der Farm der Tiere. Jones und alle seine Männer, mit einem halben Dutzend anderer aus Foxwood und Pinchfield, waren durch das fünftürige Tor getreten und kamen den Karrenweg hinauf, der zur Farm führte. Sie trugen alle Stöcke, außer Jones, der mit einem Gewehr in der Hand vorausmarschierte. Offensichtlich wollten sie versuchen, die Farm zurückzuerobern.

Das war schon lange erwartet worden und alle Vorbereitungen waren bereits getroffen worden. Snowball, der ein altes Buch über die Feldzüge von Julius Cäsar studiert hatte, das er im Farmhaus fand, war für die Verteidigungsoperationen zuständig. Er gab schnell seine Befehle, und in ein paar Minuten war jedes Tier auf seinem Posten.

Als die Menschen sich den Farmgebäuden näherten, startete Snowball seinen ersten Angriff. Alle Tauben, in der Anzahl von fünfunddreißig, flogen über den Köpfen der Männer hin und her und stürzten sich aus der Luft auf sie; und während die Männer damit beschäftigt waren, stürzten die Gänse, die sich hinter der Hecke versteckt hatten, hervor und pickten bösartig in die Waden ihrer Beine. Dies war jedoch nur ein leichtes Scharmützel, um ein wenig Unordnung zu schaffen, und die Männer vertrieben die Gänse leicht mit ihren Stöcken. Snowball startete nun seine zweite Angriffslinie. Muriel, Benjamin und alle Schafe, mit Snowball an der Spitze, stürmten vor und schubsten und stießen die Männer von allen Seiten, während Benjamin sich umdrehte und mit seinen kleinen Hufen nach ihnen schlug. Aber wieder einmal waren die Männer mit ihren Stöcken und ihren Stiefeln zu stark für sie; und plötzlich, bei einem Quieken von Snowball, das das Signal zum Rückzug war, drehten sich alle Tiere um und flohen durch das Tor in den Hof.

Die Männer stießen einen Triumphschrei aus. Sie sahen, wie sie glaubten, ihre Feinde auf der Flucht und stürmten ihnen ungeordnet hinterher. Das war genau das, was Snowball beabsichtigt hatte. Kaum waren sie im Hof, tauchten plötzlich die drei Pferde, die drei Kühe und der Rest der Schweine, die im Stall auf der Lauer lagen, hinter ihnen auf und schnitten ihnen den Weg ab. Snowball gab nun das Signal zum Angriff. Er selbst stürmte direkt auf Jones zu. Jones sah ihn kommen, hob sein Gewehr und feuerte. Die Kugeln schlugen blutige Striemen über Snowballs Rücken, und ein Schaf fiel tot um. Ohne auch nur einen Augenblick innezuhalten, schleuderte Snowball seine fünfzehn Steine gegen Jones' Beine. Jones wurde in einen Haufen Dung getrieben und sein Gewehr fiel ihm aus den Händen. Aber das schrecklichste Schauspiel von allen war Boxer, der sich auf seine Hinterbeine stellte und mit seinen großen, eisenbeschlagenen Hufen wie ein Hengst ausholte. Schon sein erster Schlag traf einen Stallburschen aus Foxwood am Schädel und beförderte ihn wie leblos in den Schlamm. Bei diesem Anblick ließen mehrere Männer ihre Stöcke fallen und versuchten zu rennen. Panik überkam sie, und im nächsten Moment jagten alle Tiere gemeinsam hinter ihnen her, rund um den Hof. Sie wurden gestochen, getreten, gebissen und niedergetrampelt. Es gab kein Tier auf dem Hof, das sich nicht nach seiner Art an ihnen rächte. Sogar die Katze sprang plötzlich von einem Dach auf die Schultern eines Kuhhirten und versenkte ihre Krallen in seinem Nacken, woraufhin er fürchterlich aufschrie. In einem Moment, in dem die Öffnung frei war, waren die Männer froh, aus dem Hof zu stürmen und in Richtung der Hauptstraße zu flüchten. Und so waren sie innerhalb von fünf Minuten nach ihrem Einfall auf demselben Weg, auf dem sie gekommen waren, im schmachvollen Rückzug, mit einer Schar Gänse, die ihnen hinterher schnatterten und den ganzen Weg über an ihren Waden hackten.

Alle Männer waren weg, bis auf einen. Zurück auf dem Hof scharrte Boxer mit seinem Huf nach dem Stallburschen, der mit dem Gesicht nach unten im Schlamm lag, und versuchte, ihn umzudrehen. Der Junge rührte sich nicht.

"Er ist tot", sagte Boxer bedauernd. "Das hatte ich nicht vor. Ich hatte vergessen, dass ich Eisenschuhe trug. Wer wird mir glauben, dass ich das nicht mit Absicht getan habe?"

"Keine Sentimentalitäten, Kamerad!", rief Snowball, aus dessen Wunden noch immer das Blut tropfte. "Krieg ist Krieg. Der einzige gute Mensch ist ein toter."

"Ich will kein Leben nehmen, nicht einmal menschliches", wiederholte Boxer, und seine Augen waren voller Tränen.

"Wo ist Mollie?", rief jemand.

Mollie war in der Tat verschwunden. Einen Moment lang herrschte große Sorge; man befürchtete, die Männer könnten ihr auf irgendeine Weise Schaden zugefügt oder sie gar mitgenommen haben. Schließlich fand man sie jedoch versteckt in ihrem Stall, den Kopf unter dem Heu in der Krippe vergraben. Sie hatte sofort die Flucht ergriffen, als der Schuss fiel. Als die anderen zurückkamen, um nach ihr zu suchen, war der Stallbursche, der eigentlich nur betäubt war, bereits wieder aufgewacht und hatte sich aus dem Staub gemacht.

Die Tiere versammelten sich nun in wildester Aufregung und jeder erzählte lauthals von seinen eigenen Heldentaten in der Schlacht. Eine improvisierte Siegesfeier wurde sofort abgehalten. Die Fahne wurde hochgezogen und 'Tiere von England' wurde einige Male gesungen, dann wurde das getötete Schaf feierlich beerdigt und ein Weißdornbusch auf das Grab gepflanzt. Am Grab hielt Snowball eine kleine Rede, in der er betonte, dass alle Tiere bereit sein müssen, für die Farm der Tiere zu sterben, wenn es sein muss.

Die Tiere beschlossen einstimmig, einen militärischen Orden zu schaffen, "Animal Hero, First Class", der an Ort und Stelle an Snowball und Boxer verliehen wurde. Er bestand aus einer Messingmedaille (es waren wirklich ein paar alte Pferdemedaillen, die im Geschirrraum gefunden worden waren), die an Sonn- und Feiertagen getragen werden sollte. Es gab auch den "Animal Hero, Second Class", der posthum an das tote Schaf verliehen wurde.

Es wurde viel darüber diskutiert, wie die Schlacht genannt werden sollte. Am Ende wurde sie "Schlacht im Kuhstall" genannt, da dort der Hinterhalt gelegt worden war. Mr. Jones' Gewehr war im Schlamm liegend gefunden worden, und es war bekannt, dass es im Farmhaus einen Vorrat an Patronen gab. Es wurde beschlossen, die Waffe am Fuße des Fahnenmastes aufzustellen, wie ein Stück Artillerie, und sie zweimal im Jahr abzufeuern - einmal am zwölften Oktober, dem Jahrestag der Schlacht im Kuhstall, und einmal am Mittsommertag, dem Jahrestag des Aufstandes.

Kapitel V

Als der Winter näher rückte, wurde Mollie immer nerviger. Sie kam jeden Morgen zu spät zur Arbeit und entschuldigte sich damit, dass sie verschlafen hatte, und sie klagte über mysteriöse Schmerzen, obwohl ihr Appetit ausgezeichnet war. Unter jedem erdenklichen Vorwand rannte sie von der Arbeit weg und ging zum Schwimmbad, wo sie albern auf ihr eigenes Spiegelbild im Wasser starrte. Aber es gab auch Gerüchte über etwas Ernsteres. Eines Tages, als Mollie fröhlich in den Hof schlenderte, mit ihrem langen Schwanz flirtete und an einem Heustängel kaute, nahm Clover sie zur Seite.

"Mollie", sagte sie, "ich habe dir etwas sehr Ernstes zu sagen. Heute Morgen habe ich gesehen, wie du über die Hecke geschaut hast, die die Farm der Tiere von Foxwood trennt. Einer von Mr. Pilkingtons Männern stand auf der anderen Seite der Hecke. Und - ich war weit weg, aber ich bin mir fast sicher, dass ich das gesehen habe - er hat mit dir gesprochen und du hast ihm erlaubt, deine Nase zu streicheln. Was hat das zu bedeuten, Mollie?"

"Hat er nicht! Das habe ich nicht! Das ist nicht wahr!", rief Mollie und begann, herumzutänzeln und den Boden zu betatschen.

"Mollie! Sieh mir ins Gesicht. Gibst du mir dein Ehrenwort, dass der Mann nicht deine Nase gestreichelt hat?"

"Es ist nicht wahr!", wiederholte Mollie, aber sie konnte Clover nicht ins Gesicht sehen, und im nächsten Moment nahm sie die Hufe hoch und galoppierte in Richtung Feld davon.

Ein Gedanke kam Clover in den Sinn. Ohne etwas zu den anderen zu sagen, ging sie zu Mollies Stall und drehte das Stroh mit ihrem Huf um. Unter dem Stroh war ein kleiner Haufen Würfelzucker und mehrere Bündel verschiedenfarbiger Bänder versteckt.

Drei Tage später war Mollie verschwunden. Einige Wochen lang war nichts über ihren Verbleib bekannt, dann meldeten die Tauben, dass sie sie auf der anderen Seite von Willingdon gesehen hatten. Sie befand sich zwischen den Deichseln eines schicken, rot und schwarz lackierten Pferdewagens, der vor einer Kneipe stand. Ein dicker, rotgesichtiger Mann in karierten Hosen und Gamaschen, der wie ein Kneipenwirt aussah, streichelte ihre Nase und fütterte sie mit Zucker. Ihr Fell war frisch geschoren und sie trug eine scharlachrote Schleife um ihre Stirnlocke. Sie schien sich zu amüsieren, so sagten die Tauben. Keines der Tiere erwähnte Mollie jemals wieder.

Im Januar kam ein bitterhartes Wetter. Die Erde war wie Eisen, und auf den Feldern konnte nichts getan werden. Viele Versammlungen wurden in der großen Scheune abgehalten, und die Schweine beschäftigten sich damit, die Arbeit der kommenden Saison zu planen. Es hatte sich eingebürgert, dass die Schweine, die offensichtlich schlauer waren als die anderen Tiere, alle Fragen der Hofpolitik entscheiden sollten, obwohl ihre Entscheidungen durch eine Mehrheitsabstimmung bestätigt werden mussten. Dieses Arrangement hätte gut genug funktioniert, wären da nicht die Streitigkeiten zwischen Snowball und Napoleon gewesen. Diese beiden waren sich in jedem Punkt uneinig, in dem eine Meinungsverschiedenheit möglich war. Wenn einer von ihnen vorschlug, eine größere Fläche mit Gerste zu besäen, verlangte der andere mit Sicherheit eine größere Fläche mit Hafer, und wenn einer von ihnen sagte, dass dieses und jenes Feld genau das Richtige für Kohl sei, erklärte der andere, dass es für alles außer für Wurzelpflanzen nutzlos sei. Jeder hatte seine eigene Anhängerschaft, und es gab einige heftige Debatten. Bei den Versammlungen gewann Snowball oft die Mehrheit durch seine brillanten Reden, aber Napoleon war besser darin, zwischendurch um Unterstützung für sich zu werben. Besonders erfolgreich war er bei den Schafen. In letzter Zeit hatten sich die Schafe angewöhnt, "Vier Beine gut, zwei Beine schlecht" zu blöken, sowohl in als auch außerhalb der Saison, und sie unterbrachen das Meeting oft damit. Es wurde bemerkt, dass sie besonders dazu neigten, in den entscheidenden Momenten von Snowballs Reden in "Vier Beine gut, zwei Beine schlecht" auszubrechen. Snowball hatte einige ältere Ausgaben des Magazins "Farmer and Stockbreeder", die er im Farmhaus gefunden hatte, genau studiert und war voll von Plänen für Neuerungen und Verbesserungen. Er sprach gelehrt über Felddrainagen, Silage und basische Schlacke und hatte einen komplizierten Plan ausgearbeitet, der vorsah, dass alle Tiere ihren Mist direkt auf den Feldern absetzen sollten, jeden Tag an einer anderen Stelle, um die Arbeit des Fuhrwerks zu sparen. Napoleon brachte keine eigenen Pläne hervor, sondern sagte nur leise, dass Snowballs Plan nicht aufgehen würde, und schien seine Zeit abzuwarten. Aber von all ihren Streitigkeiten war keine so erbittert wie die, die um die Windmühle stattfand.

Auf der langen Weide, nicht weit von den Farmgebäuden entfernt, befand sich eine kleine Anhöhe, die der höchste Punkt der Farm war. Nachdem er das Gelände vermessen hatte, erklärte Snowball, dass dies genau der richtige Ort für eine Windmühle sei, die dazu gebracht werden könnte, einen Dynamo zu betreiben und die Farm mit elektrischem Strom zu versorgen. Damit könnten die Ställe beleuchtet und im Winter gewärmt werden, außerdem würden eine Kreissäge, ein Häcksler, ein Mangelschneider und eine elektrische Melkmaschine betrieben werden. Die Tiere hatten noch nie zuvor von so etwas gehört (denn die Farm war altmodisch und hatte nur die primitivsten Maschinen), und sie hörten staunend zu, während Snowball Bilder von fantastischen Maschinen heraufbeschwor, die ihre Arbeit für sie erledigen würden, während sie gemütlich auf den Feldern grasten oder ihren Geist mit Lesen und Konversation verbesserten.

Innerhalb von ein paar Wochen waren Snowballs Pläne für die Windmühle vollständig ausgearbeitet. Die mechanischen Details stammten hauptsächlich aus drei Büchern, die Mr. Jones gehört hatten - "Tausend nützliche Dinge rund ums Haus", "Jeder Mann sein eigener Maurer" und "Elektrizität für Anfänger". Snowball nutzte als sein Arbeitszimmer einen Schuppen, der früher für Brutkästen verwendet worden war und einen glatten Holzboden hatte, der sich zum Zeichnen eignete. Er war dort stundenlang eingeschlossen. Mit seinen Büchern, die er mit einem Stein aufgeschlagen hielt, und einem Stück Kreide zwischen den Knöcheln geklemmt, bewegte er sich schnell hin und her, zeichnete eine Linie nach der anderen und stieß dabei ein kleines Wimmern vor Aufregung aus. Allmählich wuchsen die Pläne zu einer komplizierten Ansammlung von Kurbeln und Zahnrädern, die mehr als die Hälfte des Bodens bedeckten, was die anderen Tiere völlig unverständlich, aber sehr beeindruckend fanden. Alle kamen mindestens einmal am Tag, um sich Snowballs Zeichnungen anzuschauen. Sogar die Hühner und Enten kamen und gaben sich Mühe, nicht auf die Kreidestriche zu treten. Nur Napoleon hielt sich abseits. Er hatte sich von Anfang an gegen die Windmühle ausgesprochen. Doch eines Tages kam er unerwartet, um die Pläne zu begutachten. Er ging schwerfällig um den Schuppen herum, schaute sich jedes Detail der Pläne genau an und schnupperte ein- oder zweimal daran, dann stand er eine Weile da und betrachtete sie aus den Augenwinkeln; dann hob er plötzlich sein Bein, urinierte über die Pläne und ging hinaus, ohne ein Wort zu sagen.

Die ganze Farm war tief gespalten, was das Thema Windmühle betraf. Snowball leugnete nicht, dass es eine schwierige Angelegenheit sein würde, sie zu bauen. Steine müssten getragen und zu Mauern aufgeschichtet werden, dann müssten die Segel angefertigt werden und danach bräuchte man Dynamos und Kabel. (Wie diese beschafft werden sollten, sagte Snowball nicht.) Aber er behauptete, dass das alles in einem Jahr erledigt werden könnte. Und danach, so erklärte er, würde so viel Arbeit eingespart werden, dass die Tiere nur noch drei Tage in der Woche arbeiten müssten. Napoleon hingegen argumentierte, dass die große Notwendigkeit des Augenblicks darin bestand, die Nahrungsproduktion zu erhöhen, und dass sie alle verhungern würden, wenn sie ihre Zeit mit der Windmühle verschwendeten. Die Tiere formierten sich in zwei Fraktionen unter dem Motto: "Stimmt für Snowball und die Dreitagewoche" und "Stimmt für Napoleon und die volle Futterkrippe." Benjamin war das einzige Tier, das sich nicht auf die Seite einer der beiden Fraktionen stellte. Er weigerte sich zu glauben, dass es mehr Nahrung geben würde oder dass die Windmühle die Arbeit ersparen würde. Windmühle oder nicht, sagte er, das Leben würde so weitergehen, wie es immer weiterging - nämlich schlecht.

Abgesehen von den Streitigkeiten um die Windmühle, gab es die Frage der Verteidigung des Hofes. Es war völlig klar, dass die Menschen, obwohl sie in der Schlacht um den Kuhstall besiegt worden waren, einen weiteren und entschlosseneren Versuch unternehmen könnten, die Farm zurückzuerobern und Mr. Jones wieder einzusetzen. Dazu hatten sie umso mehr Grund, als sich die Nachricht von ihrer Niederlage über das Land verbreitet hatte und die Tiere auf den Nachbarfarmen unruhiger denn je machte. Wie immer waren sich Snowball und Napoleon uneinig. Laut Napoleon sollten die Tiere Feuerwaffen besorgen und sich im Umgang mit ihnen trainieren. Laut Snowball müssten sie mehr und mehr Tauben aussenden und eine Rebellion unter den Tieren auf den anderen Farmen anfachen. Die einen argumentierten, dass sie erobert werden müssten, wenn sie sich nicht selbst verteidigen könnten, die anderen argumentierten, dass sie sich nicht verteidigen müssten, wenn überall Rebellionen stattfänden. Die Tiere hörten erst Napoleon, dann Snowball zu und konnten sich nicht entscheiden, was richtig war; tatsächlich fanden sie sich immer in Übereinstimmung mit demjenigen, der gerade sprach.

Endlich kam der Tag, an dem Snowballs Pläne vollendet wurden. Bei der Versammlung am darauffolgenden Sonntag sollte darüber abgestimmt werden, ob mit der Arbeit an der Windmühle begonnen werden sollte oder nicht. Als sich die Tiere in der großen Scheune versammelt hatten, stand Snowball auf und trug, wenn auch gelegentlich durch das Blöken der Schafe unterbrochen, seine Gründe vor, warum er für den Bau der Windmühle war. Dann stand Napoleon auf, um zu antworten. Er sagte ganz leise, dass die Windmühle Unsinn sei und dass er niemandem raten würde, dafür zu stimmen, und setzte sich sofort wieder hin; er hatte kaum dreißig Sekunden gesprochen und schien fast keine Rücksicht auf die Wirkung zu nehmen, die er erzielte. Daraufhin sprang Snowball auf und rief die Schafe, die wieder zu blöken begonnen hatten, in einem leidenschaftlichen Appell zugunsten der Windmühle herbei. Bis jetzt waren die Tiere in ihrer Sympathie ungefähr gleich geteilt gewesen, aber im nächsten Moment hatte Snowballs Beredsamkeit sie mitgerissen. In glühenden Sätzen malte er ein Bild von der Farm der Tiere, wie sie sein könnte, wenn die schmutzige Arbeit vom Rücken der Tiere genommen wird. Seine Vorstellungskraft reichte nun weit über Häcksler und Rübenschneider hinaus. Elektrizität, so sagte er, könnte Dreschmaschinen, Pflüge, Eggen, Walzen, Schnitter und Binder betreiben und jeden Stall mit elektrischem Licht, warmem und kaltem Wasser und einer elektrischen Heizung versorgen. Als er seine Rede beendet hatte, gab es keinen Zweifel mehr daran, in welche Richtung die Abstimmung gehen würde. Aber genau in diesem Moment stand Napoleon auf und warf einen seltsamen Seitenblick auf Snowball und stieß ein hohes Wimmern aus, wie man es noch nie zuvor von ihm gehört hatte.

In diesem Moment ertönte draußen ein schreckliches Gebell und neun riesige Hunde mit messingbeschlagenen Halsbändern kamen in die

Scheune gesprungen. Sie stürzten sich direkt auf Snowball, der gerade noch rechtzeitig von seinem Platz sprang, um ihren schnappenden Kiefern zu entkommen. Im Handumdrehen war er aus der Tür und sie waren hinter ihm her. Zu erstaunt und verängstigt, um zu sprechen, drängten sich alle Tiere durch die Tür, um die Verfolgungsjagd zu beobachten. Snowball rannte über die lange Weide, die zur Straße führte. Er rannte, wie nur ein Schwein rennen kann, aber die Hunde waren ihm dicht auf den Fersen. Plötzlich rutschte er aus und es schien sicher, dass sie ihn erwischt hatten. Dann war er wieder auf den Beinen, rannte schneller als je zuvor, und die Hunde holten wieder auf. Einer von ihnen hatte Snowballs Schwanz fast im Maul, aber Snowball konnte ihn gerade noch rechtzeitig befreien. Dann setzte er zu einem Extraspurt an und schlüpfte mit ein paar Zentimetern Vorsprung durch ein Loch in der Hecke und war nicht mehr zu sehen.

Schweigend und verängstigt krochen die Tiere zurück in die Scheune. Im nächsten Moment kamen die Hunde zurückgesprungen. Zuerst hatte sich niemand vorstellen können, woher diese Kreaturen kamen, aber das Rätsel war bald gelöst: Es waren die Welpen, die Napoleon ihren Müttern weggenommen und privat aufgezogen hatte. Obwohl sie noch nicht ausgewachsen waren, waren sie riesige Hunde und sahen so grimmig aus wie Wölfe. Sie blieben dicht bei Napoleon. Es fiel auf, dass sie ihm gegenüber mit dem Schwanz wedelten, so wie es die anderen Hunde gegenüber Mr. Jones zu tun pflegten.

Napoleon, mit den Hunden, die ihm folgten, stieg nun auf den erhöhten Teil des Bodens, wo Major zuvor gestanden hatte, um seine Rede zu halten. Er verkündete, dass von nun an die Sonntagmorgenversammlungen ein Ende haben würden. Sie seien unnötig, sagte er, und verschwendeten Zeit. In Zukunft würden alle Fragen, die die Arbeit auf der Farm beträfen, von einem speziellen Komitee von Schweinen unter seinem Vorsitz geklärt werden. Diese würden sich unter vier Augen treffen und danach ihre Entscheidungen den anderen mitteilen. Die Tiere würden sich immer noch am Sonntagmorgen versammeln, um die Flagge zu grüßen, "Tiere von England" zu singen und ihre Befehle für die Woche zu erhalten; aber es würde keine Debatten mehr geben.

Trotz des Schocks, den Snowballs Vertreibung ihnen versetzt hatte, waren die Tiere bestürzt über diese Ankündigung. Einige von ihnen hätten protestiert, wenn sie die richtigen Argumente hätten finden können. Selbst Boxer war vage beunruhigt. Er legte die Ohren an, schüttelte mehrmals seine Stirnlocke und versuchte angestrengt, seine Gedanken zu ordnen; aber am Ende fiel ihm nichts ein, was er hätte sagen können.

Einige der Schweine selbst waren jedoch wortgewandter. Vier junge Schweine in der ersten Reihe stießen einen schrillen Schrei der Missbilligung aus, und alle vier sprangen auf und begannen zu sprechen. Doch plötzlich stießen die Hunde, die um Napoleon herum saßen, ein tiefes, bedrohliches Knurren aus, und die Schweine verstummten und setzten sich wieder. Dann brachen die Schafe in ein gewaltiges Blöken aus: "Vier Beine gut, zwei Beine schlecht!", das fast eine Viertelstunde lang anhielt und jede Chance auf eine Diskussion beendete.

Danach wurde Squealer auf dem Hof herumgeschickt, um den anderen das neue Arrangement zu erklären.

"Kameraden", sagte er, "ich vertraue darauf, dass jedes Tier hier das Opfer zu schätzen weiß, das Kamerad Napoleon gebracht hat, indem er diese zusätzliche Arbeit auf sich genommen hat. Bildet euch nicht ein, Kameraden, dass Führung ein Vergnügen ist! Im Gegenteil, es ist eine tiefe und schwere Verantwortung. Keiner glaubt fester als der Kamerad Napoleon, dass alle Tiere gleich sind. Er wäre nur zu gerne bereit, euch eure Entscheidungen selbst treffen zu lassen. Aber manchmal könntet ihr die falschen Entscheidungen treffen, Kameraden, und wo sollten wir dann sein? Angenommen, ihr hättet euch entschieden, Snowball zu folgen, mit seinem Mondschein aus Windmühlen - Snowball, der, wie wir jetzt wissen, nicht besser war als ein Verbrecher?"

"Er kämpfte tapfer in der Schlacht im Kuhstall", sagte jemand.

"Tapferkeit ist nicht genug", sagte Squealer. "Loyalität und Gehorsam sind viel wichtiger. Und was die Schlacht im Kuhstall angeht, so glaube ich, dass die Zeit kommen wird, in der wir feststellen werden, dass Snowballs Rolle in diesem Kampf stark übertrieben war. Disziplin, Kameraden, eiserne Disziplin! Das ist die Parole für heute. Ein falscher Schritt, und unsere Feinde werden über uns herfallen. Ihr wollt doch sicher nicht, dass Jones zurückkommt, Kameraden?"

Wieder einmal war dieses Argument nicht zu entkräften. Sicherlich wollten die Tiere Jones nicht zurück; wenn das Abhalten von Debatten am Sonntagmorgen ihn zurückbringen könnte, dann müssen die Debatten aufhören. Boxer, der nun Zeit hatte, über die Dinge nachzudenken, brachte das allgemeine Gefühl zum Ausdruck, indem er sagte: "Wenn Kamerad Napoleon es sagt, muss es richtig sein." Und von da an nahm er die Maxime an: "Napoleon hat immer recht", zusätzlich zu seinem privaten Motto "Ich werde härter arbeiten."

Inzwischen war das Wetter besser geworden und das Frühjahrspflügen hatte begonnen. Der Schuppen, in dem Snowball seine Pläne der

Windmühle gezeichnet hatte, war verschlossen worden und man nahm an, dass die Pläne vom Boden abgerieben worden waren. Jeden Sonntagmorgen um zehn Uhr versammelten sich die Tiere in der großen Scheune, um ihre Befehle für die Woche zu erhalten. Der Schädel des alten Majors, nun sauber vom Fleisch befreit, war aus dem Obstgarten ausgegraben und auf einem Baumstumpf am Fuße des Fahnenmastes, neben dem Gewehr, aufgestellt worden. Nach dem Hissen der Fahne mussten die Tiere ehrfürchtig an dem Schädel vorbeigehen, bevor sie die Scheune betraten. Heute saßen sie nicht mehr alle zusammen, wie sie es früher getan hatten. Napoleon, mit Squealer und einem anderen Schwein namens Minimus, das eine bemerkenswerte Gabe hatte, Lieder und Gedichte zu verfassen, saßen vorne auf der erhöhten Plattform, die neun jungen Hunde bildeten einen Halbkreis um sie herum und die anderen Schweine saßen dahinter. Der Rest der Tiere saß ihnen gegenüber im Hauptteil der Scheune. Napoleon verlas die Befehle für die Woche in einem ruppigen, soldatischen Stil, und nach einem einzigen Gesang von 'Tiere von England', zerstreuten sich alle Tiere.

Am dritten Sonntag nach Snowballs Vertreibung waren die Tiere etwas überrascht, als Napoleon verkündete, dass die Windmühle nun doch gebaut werden sollte. Er nannte keinen Grund, warum er seine Meinung geändert hatte, sondern warnte die Tiere lediglich, dass diese zusätzliche Aufgabe sehr harte Arbeit bedeuten würde, es könnte sogar notwendig sein, ihre Rationen zu reduzieren. Die Pläne waren jedoch bis ins kleinste Detail vorbereitet worden. Ein spezielles Komitee von Schweinen hatte in den letzten drei Wochen daran gearbeitet. Man rechnete damit, dass der Bau der Windmühle, zusammen mit verschiedenen anderen Verbesserungen, zwei Jahre dauern würde.

An diesem Abend erklärte Squealer den anderen Tieren unter vier Augen, dass Napoleon in Wirklichkeit nie gegen die Windmühle gewesen war. Im Gegenteil, er war es, der sie anfangs befürwortet hatte, und der Plan, den Snowball auf den Boden des Brutmaschinenschuppens gezeichnet hatte, war tatsächlich aus einem von Napoleons Papieren gestohlen worden. Die Windmühle war in der Tat Napoleons eigene Kreation. Warum, so fragte jemand, hatte er sich dann so stark dagegen ausgesprochen? Hier schaute Squealer sehr verschmitzt. Das, sagte er, war die List von Kamerad Napoleon. Er hatte den Anschein erweckt, gegen die Windmühle zu sein, einfach als Manöver, um Snowball loszuwerden, der ein gefährlicher Charakter und ein schlechter Umgang war. Jetzt, wo Snowball aus dem Weg geräumt war, konnte der Plan ohne seine Einmischung weitergehen. Das, sagte Squealer, war etwas, das man

Taktik nennt. Er wiederholte mehrmals: "Taktik, Kameraden, Taktik!", hüpfte herum und wedelte mit einem fröhlichen Lachen mit dem Schwanz. Die Tiere waren sich nicht sicher, was das Wort bedeutete, aber Squealer sprach so überzeugend, und die drei Hunde, die zufällig bei ihm waren, knurrten so bedrohlich, dass sie seine Erklärung ohne weitere Fragen akzeptierten.

Kapitel VI

Das ganze Jahr über arbeiteten die Tiere wie Sklaven. Aber sie waren glücklich in ihrer Arbeit; sie scheuten keine Anstrengung oder Opfer, wohl wissend, dass alles, was sie taten, für sie selbst und die ihrer Artgenossen, die nach ihnen kommen würden, war und nicht für ein Pack fauler, diebischer Menschen.

Den ganzen Frühling und Sommer über arbeiteten sie sechzig Stunden pro Woche, und im August kündigte Napoleon an, dass es auch am Sonntagnachmittag Arbeit geben würde. Diese Arbeit war absolut freiwillig, aber jedem Tier, das ihr fernblieb, wurden die Rationen um die Hälfte gekürzt. Trotzdem wurde es für notwendig befunden, bestimmte Aufgaben unerledigt zu lassen. Die Ernte war etwas weniger erfolgreich als im Vorjahr, und zwei Felder, die im Frühsommer mit Rüben hätten besät werden sollen, wurden nicht besät, weil das Pflügen nicht früh genug abgeschlossen worden war. Es war abzusehen, dass der kommende Winter ein harter werden würde.

Die Windmühle stellte unerwartete Schwierigkeiten dar. Auf dem Hof gab es einen guten Steinbruch mit Kalkstein, und in einem der Nebengebäude hatte man reichlich Sand und Zement gefunden, sodass alle Materialien für den Bau zur Hand waren. Aber das Problem, das die Tiere zunächst nicht lösen konnten, war, wie sie den Stein in Stücke geeigneter Größe zerkleinern konnten. Es schien keine Möglichkeit zu geben, dies zu tun, außer mit Spitzhacken und Brechstangen, die kein Tier benutzen konnte, denn kein Tier konnte auf seinen Hinterbeinen stehen. Erst nach wochenlangen vergeblichen Bemühungen kam jemand auf die richtige Idee, nämlich die Schwerkraft zu nutzen. Riesige Felsbrocken, die viel zu groß waren, um sie zu benutzen, lagen überall auf der Sohle des Steinbruchs. Die Tiere banden Seile um diese, und dann zogen sie alle zusammen, Kühe, Pferde, Schafe, jedes Tier, das sich am Seil festhalten konnte - sogar die Schweine kamen manchmal in kritischen Momenten dazu - sie schleppten sie mit verzweifelter Langsamkeit den Hang hinauf zur Spitze des Steinbruchs, wo sie über die Kante gestürzt wurden, um unten in Stücke zu zerbrechen. Der Transport des gebrochenen Steins war vergleichsweise einfach. Die Pferde trugen ihn in Wagenladungen davon, die Schafe schleppten einzelne Blöcke, sogar Muriel und Benjamin spannten sich in einen alten Gouvernantenkarren und taten ihren Teil. Bis zum Spätsommer hatte sich ein ausreichender Vorrat an Steinen angesammelt, und dann begann der Bau unter der Aufsicht der Schweine.

Aber es war ein langsamer, mühsamer Prozess. Oftmals dauerte es einen ganzen Tag, um einen einzigen Felsbrocken an die Spitze des Steinbruchs zu schleppen, und manchmal, wenn er über die Kante geschoben wurde, brach er nicht. Ohne Boxer, dessen Kraft der aller anderen Tiere zusammen zu entsprechen schien, wäre nichts zu erreichen gewesen. Wenn der Felsbrocken ins Rutschen geriet und die Tiere verzweifelt aufschrien, weil sie den Berg hinuntergeschleift wurden, war es immer Boxer, der sich gegen das Seil stemmte und den Felsbrocken zum Stehen brachte. Ihn zu sehen, wie er sich Zentimeter für Zentimeter den Hang hinauf mühte, sein Atem ging schnell, die Spitzen seiner Hufe krallten sich in den Boden und seine großen Seiten waren mit Schweiß überzogen, erfüllte jeden mit Bewunderung. Clover ermahnte ihn manchmal, sich nicht zu überanstrengen, aber Boxer hörte nie auf sie. Seine beiden Slogans, "Ich werde härter arbeiten" und "Napoleon hat immer recht", schienen ihm eine ausreichende Antwort auf alle Probleme zu sein. Er hatte mit dem Hahn vereinbart, ihn morgens eine Dreiviertelstunde früher zu wecken, anstatt eine halbe Stunde. Und in seinen freien Momenten, von denen es mittlerweile nicht mehr viele gab, ging er allein in den Steinbruch, sammelte eine Ladung Schotter ein und schleppte ihn ohne Hilfe hinunter zum Standort der Windmühle.

Den Tieren ging es den ganzen Sommer über nicht schlecht, trotz der Härte der Arbeit. Wenn sie nicht mehr Futter hatten als zu Jones' Zeiten, so hatten sie wenigstens nicht weniger. Der Vorteil, nur sich selbst ernähren zu müssen und nicht auch noch fünf extravagante Menschen zu unterstützen, war so groß, dass es eine Menge Ausfälle gebraucht hätte, um ihn aufzuwiegen. Und in vielerlei Hinsicht war die tierische Methode, Dinge zu erledigen, effizienter und sparte Arbeit. Arbeiten wie das Jäten von Unkraut zum Beispiel konnten mit einer Gründlichkeit erledigt werden, die dem Menschen unmöglich war. Und da nun kein Tier mehr stahl, war es auch nicht mehr nötig, Weideland von Ackerland abzugrenzen, was eine Menge Arbeit für die Instandhaltung von Hecken und Toren einsparte. Dennoch machten sich im Laufe des Sommers verschiedene unvorhergesehene Engpässe bemerkbar. Es gab Bedarf an Petroleum, Nägeln, Schnur, Hundekeksen und Eisen für die Hufeisen der Pferde, die allesamt nicht auf dem Hof hergestellt werden konnten. Später würden auch Saatgut und Kunstdünger benötigt werden, außerdem verschiedene Werkzeuge und schließlich die Maschinen für die Windmühle. Wie diese beschafft werden sollten, konnte sich niemand vorstellen.

Eines Sonntagmorgens, als sich die Tiere versammelten, um ihre Befehle zu erhalten, verkündete Napoleon, dass er sich für eine neue Politik entschieden hatte. Von nun an würde die Farm der Tiere mit den benachbarten Bauernhöfen Handel treiben: natürlich nicht zu kommerziellen Zwecken, sondern einfach, um bestimmte Materialien zu erhalten, die dringend notwendig waren. Die Bedürfnisse der Windmühle müssen über allem anderen stehen, sagte er. Er traf daher Vorkehrungen, um einen Stapel Heu und einen Teil der diesjährigen Weizenernte zu verkaufen, und später, wenn mehr Geld benötigt würde, müsste es durch den Verkauf von Eiern ausgeglichen werden, für die es in Willingdon immer einen Markt gab. Die Hühner, sagte Napoleon, sollten dieses Opfer als ihren eigenen besonderen Beitrag zum Bau der Windmühle begrüßen.

Wieder einmal waren sich die Tiere eines vagen Unbehagens bewusst. Niemals mit Menschen zu tun zu haben, niemals Handel zu treiben, niemals Geld zu gebrauchen - war das nicht einer der ersten Beschlüsse gewesen, die auf dem ersten triumphalen Treffen nach der Vertreibung von Jones gefasst worden waren? Alle Tiere erinnerten sich daran, solche Beschlüsse gefasst zu haben; oder zumindest dachten sie, dass sie sich daran erinnerten. Die vier jungen Schweine, die protestiert hatten, als Napoleon die Versammlungen abschaffte, erhoben zaghaft ihre Stimmen, aber sie wurden prompt durch ein gewaltiges Knurren der Hunde zum Schweigen gebracht. Dann, wie üblich, brachen die Schafe in "Vier Beine gut, zwei Beine schlecht!" aus und die momentane Unbeholfenheit wurde geglättet. Schließlich mahnte Napoleon mit seinem Fuß zur Ruhe und verkündete, dass er bereits alle Vorbereitungen getroffen hatte. Keines der Tiere würde mit Menschen in Berührung kommen müssen, was eindeutig höchst unerwünscht wäre. Er beabsichtigte, die ganze Last auf seine eigenen Schultern zu nehmen. Ein Mr. Whymper, ein Anwalt, der in Willingdon lebte, hatte sich bereit erklärt, als Vermittler zwischen der Farm der Tiere und der Außenwelt zu fungieren, und würde jeden Montagmorgen die Farm besuchen, um seine Anweisungen entgegenzunehmen. Napoleon beendete seine Rede mit seinem üblichen Ausruf "Es lebe die Farm der Tiere!" und nach dem Gesang von 'Tiere von England' wurden die Tiere entlassen.

Danach machte Squealer eine Runde über die Farm und brachte die Gemüter der Tiere zur Ruhe. Er versicherte ihnen, dass der Beschluss, keinen Handel zu treiben und kein Geld zu benutzen, nie gefasst oder auch nur angedeutet worden war. Es war reine Einbildung, die wahrscheinlich anfangs auf Lügen zurückging, die Snowball in Umlauf gebracht hatte. Ein paar Tiere fühlten sich immer noch leicht verunsichert, aber Squealer fragte sie gerissen: "Seid ihr sicher, dass dies nicht etwas ist, das ihr geträumt habt, Kameraden? Habt ihr irgendwelche Aufzeichnungen über einen solchen Beschluss? Ist er irgendwo niedergeschrieben?" Und da es ganz sicher war, dass nichts dergleichen schriftlich existierte, waren die Tiere überzeugt, dass sie sich geirrt hatten.

Jeden Montag besuchte Mr. Whymper die Farm, wie es vereinbart worden war. Er war ein schlitzohriger kleiner Mann mit Seitenbart, ein Anwalt in einem sehr kleinen Geschäftszweig, aber scharfsinnig genug, um früher als jeder andere zu erkennen, dass die Farm der Tiere einen Makler brauchen würde und dass sich die Provisionen lohnen würden. Die Tiere beobachteten sein Kommen und Gehen mit einer Art von Furcht und mieden ihn so weit wie möglich. Nichtsdestotrotz weckte der Anblick von Napoleon, der auf allen Vieren ging und Aufträge an Whymper übergab, der auf zwei Beinen stand, ihren Stolz und versöhnte sie teilweise mit dem neuen Arrangement. Ihre Beziehungen zur menschlichen Spezies waren nun nicht mehr ganz so, wie sie zuvor gewesen waren. Die Menschen hassten die Farm der Tiere nicht weniger, jetzt, wo sie gedieh; sie hassten sie sogar mehr denn je. Jeder Mensch hielt es für einen Glaubensartikel, dass die Farm früher oder später bankrott gehen würde, und vor allem, dass die Windmühle ein Misserfolg sein würde. Sie trafen sich in den Bürgerhäusern und bewiesen einander mit Hilfe von Diagrammen, dass die Windmühle zwangsläufig umfallen würde, oder dass sie, wenn sie doch stehen bliebe, niemals funktionieren würde. Und doch hatten sie, gegen ihren Willen, einen gewissen Respekt vor der Effektivität entwickelt, mit der die Tiere ihre eigenen Angelegenheiten handhaben. Ein Zeichen dafür war, dass sie begonnen hatten, die Farm der Tiere bei ihrem richtigen Namen zu nennen und aufgehört hatten, so zu tun, als ob sie Herrenhof heißen würde. Sie hatten auch ihre Verteidigung von Jones eingestellt, der die Hoffnung aufgegeben hatte, seine Farm zurückzubekommen und in einen anderen Teil der Grafschaft gezogen war. Außer durch Whymper gab es noch keinen Kontakt zwischen der Farm der Tiere und der Außenwelt, aber es gab ständig Gerüchte, dass Napoleon im Begriff war, entweder mit Mr. Pilkington von Foxwood oder mit Mr. Frederick von Pinchfield ein bestimmtes Geschäftsabkommen zu schließen - aber niemals, so wurde bemerkt, mit beiden gleichzeitig.

Es war ungefähr zu dieser Zeit, als die Schweine plötzlich in das Farmhaus einzogen und sich dort niederließen. Wieder schienen sich die Tiere daran zu erinnern, dass früher ein Beschluss dagegen gefasst worden war, und wieder konnte Squealer sie überzeugen, dass dies nicht der Fall war. Es sei absolut notwendig, sagte er, dass die Schweine, die das Gehirn der Farm waren, einen ruhigen Platz zum Arbeiten haben sollten. Es entsprach auch eher der Würde des Anführers (denn in letzter Zeit hatte er sich angewöhnt, Napoleon mit dem Titel "Anführer" anzusprechen), in einem Haus zu leben als in einem bloßen Stall. Nichtsdestotrotz waren einige der Tiere beunruhigt, als sie hörten, dass die Schweine nicht nur ihre Mahlzeiten in der Küche einnahmen und den Salon als Aufenthaltsraum nutzten, sondern auch in den Betten schliefen. Boxer spielte es wie üblich mit "Napoleon hat immer recht!" herunter, aber Clover, die sich an ein eindeutiges Urteil gegen Betten zu erinnern glaubte, ging ans Ende des Stalls und versuchte, die Sieben Gebote zu enträtseln, die dort angeschrieben waren. Als sie feststellte, dass sie nicht mehr als einzelne Buchstaben lesen konnte, holte sie Muriel.

"Muriel", sagte sie, "lies mir das vierte Gebot vor. Steht da nicht etwas davon, dass man niemals in einem Bett schlafen soll?"

Mit einiger Mühe buchstabierte Muriel es durch.

"Es heißt: 'Kein Tier soll in einem Bett mit Laken schlafen '", verkündete sie schließlich.

Seltsamerweise hatte sich Clover nicht daran erinnert, dass das vierte Gebot Laken erwähnte; aber da es dort an der Wand stand, war das wohl der Fall. Und Squealer, der in diesem Moment zufällig vorbeikam, in Begleitung von zwei oder drei Hunden, konnte die ganze Angelegenheit ins rechte Licht rücken.

"Ihr habt also gehört, Kameraden", sagte er, "dass wir Schweine jetzt in den Betten des Bauernhauses schlafen? Und warum nicht? Ihr habt doch sicher nicht angenommen, dass es jemals ein Urteil gegen Betten gegeben hat? Ein Bett bedeutet lediglich einen Platz zum Schlafen. Ein Strohhaufen in einem Stall ist ein Bett, richtig betrachtet. Die Regel war gegen Laken, die eine menschliche Erfindung sind. Wir haben die Laken aus den Bauernhausbetten entfernt und schlafen zwischen Decken. Und sehr bequeme Betten sind es auch! Aber nicht bequemer als wir es brauchen, das kann ich euch sagen, Kameraden, bei all der Kopfarbeit, die wir heutzutage leisten müssen. Ihr wollt uns doch nicht unsere Ruhe rauben, oder, Kameraden? Ihr wollt doch nicht, dass wir zu müde sind, um unsere Pflichten zu erfüllen? Sicherlich wünscht sich keiner von euch, Jones wiederzusehen?"

Die Tiere beruhigten ihn in diesem Punkt sofort, und es wurde nichts mehr über die Schweine gesagt, die in den Betten des Bauernhauses schliefen. Und als einige Tage später verkündet wurde, dass die Schweine von nun an morgens eine Stunde später aufstehen würden als die anderen Tiere, wurde auch darüber keine Beschwerde laut.

Im Herbst waren die Tiere müde, aber glücklich. Sie hatten ein hartes Jahr hinter sich und nach dem Verkauf eines Teils des Heus und des Getreides waren die Futtervorräte für den Winter nicht gerade üppig, aber die Windmühle entschädigte für alles. Sie war nun fast zur Hälfte gebaut. Nach der Ernte gab es eine Zeit lang klares, trockenes Wetter, und die Tiere schufteten härter als je zuvor, da sie es für lohnenswert hielten, den ganzen Tag mit Steinblöcken hin und her zu schleppen, wenn sie dadurch die Mauern einen weiteren Fuß hochziehen konnten. Boxer kam sogar nachts aus dem Stall und arbeitete ein oder zwei Stunden allein im Licht des Mondes. In ihren freien Momenten gingen die Tiere um die halb fertige Mühle herum, bewunderten die Stärke und Rechtwinkligkeit der Mauern und wunderten sich, dass sie überhaupt in der Lage gewesen waren, etwas so Imposantes zu bauen. Nur der alte Benjamin weigerte sich, sich für die Windmühle zu begeistern, obwohl er wie immer nichts weiter als die kryptische Bemerkung von sich gab, dass Esel sehr lange leben.

Der November kam, mit tobenden Südwestwinden. Der Bau musste unterbrochen werden, da es nun zu nass war, um den Zement zu mischen. Schließlich kam eine Nacht, in der der Sturm so heftig tobte, dass die Wirtschaftsgebäude auf ihren Fundamenten schwankten und mehrere Ziegel vom Dach der Scheune geweht wurden. Die Hühner wachten vor Schreck gackernd auf, weil sie alle gleichzeitig davon geträumt hatten, in der Ferne ein Gewehr losgehen zu hören. Am Morgen kamen die Tiere aus ihren Ställen, um festzustellen, dass der Fahnenmast umgeweht und eine Ulme am Fuße des Obstgartens wie ein Radieschen ausgerupft worden war. Sie hatten dies gerade bemerkt, als ein Schrei der Verzweiflung aus der Kehle eines jeden Tieres brach. Ein schrecklicher Anblick bot sich ihren Augen. Die Windmühle lag in Trümmern.

Einmütig stürzten sie auf die Stelle zu. Napoleon, der sich nur selten aus dem Gehschritt löste, raste vor ihnen allen her. Ja, da lag sie, die Frucht all ihrer Kämpfe, eingeebnet bis auf die Grundmauern, die Steine, die sie so mühsam gebrochen und getragen hatten, ringsum verstreut.

Unfähig, etwas zu sagen, standen sie da und starrten traurig auf den Haufen der gestürzten Steine. Napoleon schritt schweigend hin und her und schnupperte gelegentlich am Boden. Sein Schwanz war steif geworden und zuckte heftig von einer Seite zur anderen, ein Zeichen für seine intensive geistige Aktivität. Plötzlich hielt er inne, als wäre sein Entschluss gefasst.

"Kameraden", sagte er leise, "wisst ihr, wer dafür verantwortlich ist? Kennt ihr den Feind, der in der Nacht gekommen ist und unsere Windmühle umgestürzt hat? SNOWBALL!", brüllte er plötzlich mit einer Stimme wie ein Donnerschlag. "Snowball hat diese Tat begangen! In reiner Bosheit, in dem Gedanken, unsere Pläne zu hintertreiben und sich für seine schmachvolle Vertreibung zu rächen, hat sich dieser Verräter im Schutze der Nacht hierher geschlichen und unsere Arbeit von fast einem Jahr zerstört. Kameraden, hier und jetzt verkünde ich das Todesurteil über Snowball. ' Animal Hero, Second Class,' und einen halben Scheffel Äpfel für jeden, der ihn vor Gericht bringt. Einen ganzen Scheffel für jeden, der ihn lebendig fängt!"

Die Tiere waren über alle Maßen schockiert, als sie erfuhren, dass sich sogar Snowball einer solchen Tat schuldig machen konnte. Es gab einen Aufschrei der Empörung, und alle begannen, sich Wege auszudenken, wie sie Snowball fangen könnten, falls er jemals wiederkommen sollte. Fast sofort wurden die Fußspuren eines Schweins im Gras in einiger Entfernung von der Kuppe entdeckt. Sie konnten nur ein paar Meter weit verfolgt werden, schienen aber zu einem Loch in der Hecke zu führen. Napoleon schnupperte lange an ihnen und erklärte, dass die Spuren von Snowball stammten. Er äußerte die Meinung, dass Snowball wohl aus der Richtung der Foxwood Farm gekommen war.

"Keine weiteren Verzögerungen, Kameraden!", rief Napoleon, als die Fußabdrücke untersucht worden waren. "Es gibt Arbeit zu erledigen. Noch heute Morgen beginnen wir mit dem Wiederaufbau der Windmühle, und wir werden den ganzen Winter hindurch bauen, bei Regen oder Sonnenschein. Wir werden diesen elenden Verräter lehren, dass er unsere Arbeit nicht so einfach zunichtemachen kann. Denkt daran, Kameraden, es darf keine Änderung in unseren Plänen geben: Sie sollen auf den Tag genau ausgeführt werden. Vorwärts, Kameraden! Lang lebe die Windmühle! Lang lebe die Farm der Tiere!"

Kapitel VII

Es war ein bitterer Winter. Auf das stürmische Wetter folgten Schneeregen und Schnee, und dann ein harter Frost, der bis weit in den Februar hinein nicht aufhörte. Die Tiere machten so gut sie konnten mit dem Wiederaufbau der Windmühle weiter, wohl wissend, dass die Außenwelt sie beobachtete und dass die neidischen Menschen jubeln und triumphieren würden, wenn die Mühle nicht rechtzeitig fertig würde.

Aus Boshaftigkeit gaben die Menschen vor, nicht zu glauben, dass es Snowball war, der die Windmühle zerstört hatte: Sie sagten, dass sie zusammengestürzt sei, weil die Wände zu dünn waren. Die Tiere wussten, dass dies nicht der Fall war. Trotzdem hatte man beschlossen, die Mauern diesmal drei Fuß dick zu bauen, anstatt achtzehn Zoll wie zuvor, was bedeutete, dass man viel größere Mengen an Stein sammeln musste. Eine ganze Zeit lang war der Steinbruch voller Schneeverwehungen und es konnte nichts getan werden. In dem trockenen, frostigen Wetter, das folgte, wurden einige Fortschritte erzielt, aber es war eine grausame Arbeit und die Tiere konnten sich nicht mehr so hoffnungsvoll fühlen, wie sie es zuvor getan hatten. Sie froren immer und hatten meistens auch noch Hunger. Nur Boxer und Clover verloren nie den Mut. Squealer hielt ausgezeichnete Reden über die Freude am Dienen und die Würde der Arbeit, aber die anderen Tiere fanden mehr Inspiration in Boxers Stärke und seinem nie versagenden Ausruf "Ich werde härter arbeiten!"

Im Januar wurde das Futter knapp. Die Maisration wurde drastisch gekürzt und es wurde angekündigt, dass eine zusätzliche Kartoffelration ausgegeben werden würde, um dies auszugleichen. Dann wurde entdeckt, dass der größte Teil der Kartoffelernte in den Mieten gefroren war, die man nicht dick genug abgedeckt hatte. Die Kartoffeln waren weich geworden und verfärbt und nur wenige waren essbar. Tagelang hatten die Tiere nichts zu fressen außer Spreu und Rüben. Der Hungertod schien ihnen ins Gesicht zu starren.

Es war lebensnotwendig, diese Tatsache vor der Außenwelt zu verbergen. Ermutigt durch den Zusammenbruch der Windmühle, erfanden die Menschen neue Lügen über die Farm der Tiere. Es wurde wieder einmal behauptet, dass alle Tiere an Hunger und Krankheiten starben, dass sie sich ständig untereinander bekämpften und zu Kannibalismus und Kindermord gegriffen hatten. Napoleon war sich über die schlechten Folgen im Klaren, die entstehen könnten, wenn die wahren Fakten der Nahrungssituation bekannt würden, und er beschloss, Mr. Whymper zu nutzen, um einen gegenteiligen Eindruck zu erwecken. Bislang hatten die Tiere bei seinen wöchentlichen Besuchen wenig oder gar keinen Kontakt zu Whymper gehabt: nun aber wurden einige ausgewählte Tiere, meist Schafe, angewiesen, in seinem Beisein beiläufig zu bemerken, dass die Rationen erhöht worden waren. Außerdem ordnete Napoleon an, die fast leeren Behälter im Lagerschuppen fast bis zum Rand mit Sand zu füllen, der dann mit dem, was vom Getreide und dem Mehl übrig blieb, abgedeckt wurde. Unter einem geeigneten Vorwand wurde Whymper durch den Lagerschuppen geführt und durfte einen Blick in die Behälter werfen. Er wurde getäuscht und berichtete der Außenwelt weiterhin, dass es auf der Farm der Tiere keinen Nahrungsmangel gäbe.

Nichtsdestotrotz wurde es gegen Ende Januar offensichtlich, dass es notwendig sein würde, von irgendwoher mehr Getreide zu beschaffen. In diesen Tagen zeigte sich Napoleon selten in der Öffentlichkeit, sondern verbrachte seine ganze Zeit im Farmhaus, das an jeder Tür von wild aussehenden Hunden bewacht wurde. Wenn er auftauchte, dann in feierlicher Form, mit einer Eskorte von sechs Hunden, die ihn eng umgaben und knurrten, wenn jemand zu nahe kam. Oftmals erschien er am Sonntagmorgen gar nicht, sondern gab seine Befehle durch eines der anderen Schweine, meist Squealer, heraus.

Eines Sonntagmorgens verkündete Squealer, dass die Hühner, die gerade wieder zum Legen gekommen waren, ihre Eier abgeben müssten. Napoleon hatte durch Whymper einen Vertrag über vierhundert Eier pro Woche angenommen. Der Verkaufserlös würde ausreichen, um die Farm mit Getreide und Mehl zu versorgen, bis der Sommer kam und die Bedingungen besser waren.

Als die Hühner dies hörten, erhoben sie einen schrecklichen Aufschrei. Sie waren schon früher gewarnt worden, dass dieses Opfer notwendig sein könnte, hatten aber nicht geglaubt, dass es wirklich passieren würde. Sie waren gerade dabei, ihre Gelege für die Frühjahrssitzung vorzubereiten, und sie protestierten, dass es Mord sei, ihnen jetzt die Eier wegzunehmen. Zum ersten Mal seit der Vertreibung von Jones, gab es so etwas wie eine Rebellion. Angeführt von drei jungen schwarzen Menorcahühnern, unternahmen die Hühner einen entschlossenen Versuch, Napoleons Wünsche zu vereiteln. Ihre Methode war es, auf die Dachsparren zu fliegen und dort ihre Eier abzulegen, die daraufhin auf dem Boden zerschellten. Napoleon handelte schnell und rücksichtslos. Er ordnete an, die Rationen der Hühner zu stoppen und verfügte, dass jedes Tier, das einer Henne auch nur ein Körnchen Mais gibt, mit dem Tod bestraft werden sollte. Die Hunde sorgten dafür, dass diese Befehle ausgeführt wurden. Fünf Tage lang hielten die Hühner aus, dann kapitulierten sie und gingen zurück in ihre Nistkästen. Neun Hennen waren in der Zwischenzeit gestorben. Ihre Leichen wurden im Obstgarten begraben und es wurde bekannt gegeben, dass sie an Kokzidiose gestorben seien. Whymper hörte nichts von dieser Angelegenheit und die Eier wurden ordnungsgemäß ausgeliefert, wobei einmal in der Woche ein Lieferwagen eines Lebensmittelhändlers auf die Farm fuhr, um sie abzutransportieren.

Die ganze Zeit über hatte man Snowball nicht mehr gesehen. Es wurde gemunkelt, dass er sich auf einer der benachbarten Farmen, entweder Foxwood oder Pinchfield, versteckt hielt. Napoleon hatte zu dieser Zeit ein etwas besseres Verhältnis zu den anderen Farmern als zuvor. Es geschah, dass auf dem Hof ein Stapel Holz lag, der zehn Jahre zuvor dort aufgestapelt worden war, als ein kleiner Buchenwald gerodet wurde. Es war gut abgelagert, und Whymper hatte Napoleon geraten, das Holz zu verkaufen; sowohl Mr. Pilkington als auch Mr. Frederick waren bestrebt, es zu kaufen. Napoleon schwankte zwischen den beiden und konnte sich nicht entscheiden. Es fiel auf, dass immer dann, wenn er kurz vor einer Einigung mit Frederick zu stehen schien, Snowball als in Foxwood untergetaucht gemeldet wurde, während, wenn er Pilkington zugeneigt war, Snowball in Pinchfield sein sollte.

Plötzlich, zu Beginn des Frühjahrs, wurde eine alarmierende Sache entdeckt. Snowball war heimlich nachts auf der Farm unterwegs! Die Tiere waren so beunruhigt, dass sie kaum in ihren Ställen schlafen konnten. Jede Nacht, so hieß es, kam er im Schutze der Dunkelheit angeschlichen und trieb allerlei Unfug. Er stahl den Mais, warf die Milcheimer um, zerbrach die Eier, zertrampelte die Saatbeete und nagte die Rinde der Obstbäume ab. Wann immer etwas schief ging, wurde es üblich, es Snowball zuzuschreiben. Wenn ein Fenster zerbrach oder ein Abfluss verstopft war, war man sich sicher, dass Snowball in der Nacht gekommen war und es getan hatte, und als der Schlüssel des Lagerschuppens verloren ging, war der ganze Hof überzeugt, dass Snowball ihn in den Brunnen geworfen hatte. Seltsamerweise glaubten sie das auch noch, nachdem der verlegte Schlüssel unter einem Sack Mehl gefunden worden war. Die Kühe erklärten einstimmig, dass Snowball in ihre Ställe geschlichen sei und sie im Schlaf gemolken habe. Auch die Ratten, die in diesem Winter nervig gewesen waren, sollen mit Snowball im Bunde gewesen sein.

Napoleon ordnete an, dass es eine vollständige Untersuchung von Snowballs Aktivitäten geben sollte. Mit seinen Hunden in Begleitung machte er sich auf den Weg und inspizierte sorgfältig die Farmgebäude, die anderen Tiere folgten in respektvollem Abstand. Alle paar Schritte blieb Napoleon stehen und schnüffelte den Boden nach Spuren von Snowballs Fußstapfen ab, die er, wie er sagte, am Geruch erkennen konnte. Er schnüffelte in jeder Ecke, in der Scheune, im Kuhstall, in den Hühnerställen, im Gemüsegarten, und fand fast überall Spuren von Snowball. Er legte seine Schnauze auf den Boden, schnüffelte mehrmals tief und rief dann mit schrecklicher Stimme: "Snowball! Er ist hier gewesen! Ich kann ihn deutlich riechen!" und bei dem Wort "Snowball" stießen alle Hunde blutiges Knurren aus und zeigten ihre Seitenzähne.

Die Tiere waren völlig verängstigt. Es kam ihnen so vor, als wäre Snowball eine Art unsichtbarer Einfluss, der die Luft um sie herum durchdringt und sie mit allen möglichen Gefahren bedroht. Am Abend rief Squealer sie zusammen und teilte ihnen mit einem alarmierten Gesichtsausdruck mit, dass er ernste Neuigkeiten zu berichten hatte.

"Kameraden!", rief Squealer und machte dabei kleine nervöse Sprünge, "eine höchst schreckliche Sache ist entdeckt worden. Snowball hat sich mit Frederick von der Pinchfield-Farm verbündet, der schon jetzt plant, uns anzugreifen und uns die Farm wegzunehmen! Snowball soll als sein Führer fungieren, wenn der Angriff beginnt. Aber es gibt noch Schlimmeres als das. Wir hatten gedacht, dass Snowballs Rebellion einfach durch seine Eitelkeit und seinen Ehrgeiz verursacht wurde. Aber wir haben uns geirrt, Kameraden. Wisst ihr, was der wahre Grund ist? Snowball war von Anfang an mit Jones im Bunde! Er war die ganze Zeit über Jones' Geheimagent. Das alles ist durch Dokumente bewiesen, die er hinterlassen hat und die wir erst jetzt entdeckt haben. Meiner Meinung nach erklärt das eine ganze Menge, Kameraden. Haben wir nicht selbst gesehen, wie er - zum Glück ohne Erfolg - versucht hat, uns bei der Schlacht im Kuhstall zu besiegen und zu vernichten?"

Die Tiere waren verblüfft. Das war eine Bosheit, die Snowballs Zerstörung der Windmühle noch weit übertraf. Aber es dauerte einige Minuten, bis sie es ganz verinnerlichen konnten. Sie alle erinnerten sich, oder glaubten sich zu erinnern, wie sie Snowball bei der Schlacht im Kuhstall vor ihnen herstürmen sahen, wie er sie auf Schritt und Tritt zusammengerufen und ermutigt hatte, und wie er keinen Augenblick innegehalten hatte, selbst als die Kugeln aus Jones' Gewehr seinen Rücken verwundet hatten. Zuerst war es ein wenig schwierig zu sehen, wie das mit seiner Zugehörigkeit zu Jones' Seite zusammenpasste. Selbst Boxer, der nur selten Fragen stellte, war verwirrt. Er legte sich hin, zog die Vorderhufe unter sich zusammen, schloss die Augen und schaffte es mühsam, seine Gedanken zu formulieren.

"Das glaube ich nicht", sagte er. "Snowball hat bei der Schlacht im Kuhstall tapfer gekämpft. Ich habe ihn selbst gesehen. Haben wir ihm nicht gleich danach den Titel 'Animal Hero, First Class' verliehen?"

"Das war unser Fehler, Kamerad. Denn wir wissen jetzt - es steht alles in den geheimen Dokumenten, die wir gefunden haben -, dass er in Wirklichkeit versucht hat, uns ins Verderben zu locken."

"Aber er war verwundet", sagte Boxer. "Wir haben alle gesehen, wie er blutüberströmt war."

"Das war Teil der Abmachung!", rief Squealer. "Der Schuss von Jones hat ihn nur gestreift. Ich könnte dir das in seiner eigenen Schrift zeigen, wenn du in der Lage wärst, sie zu lesen. Der Plan war, dass Snowball im entscheidenden Moment das Signal zur Flucht geben und dem Feind das Feld überlassen sollte. Und es wäre ihm fast gelungen - ich will sogar sagen, Kameraden, es WÄRE ihm gelungen, wenn unser heldenhafter Anführer, Kamerad Napoleon, nicht gewesen wäre. Erinnert ihr euch nicht daran, wie Snowball in dem Moment, als Jones und seine Männer den Hof betreten hatten, sich plötzlich umdrehte und floh, und viele Tiere folgten ihm? Und erinnerst du dich nicht auch daran, dass genau in diesem Moment, als sich Panik ausbreitete und alles verloren schien, Kamerad Napoleon mit dem Schrei "Tod der Menschheit!" vorsprang und seine Zähne in Jones' Bein versenkte? Sicherlich erinnert ihr euch daran, Kameraden?", rief Squealer und huschte von einer Seite zur anderen.

Als Squealer die Szene so anschaulich beschrieb, schien es den Tieren, dass sie sich tatsächlich daran erinnerten. Jedenfalls erinnerten sie sich daran, dass Snowball sich im entscheidenden Moment des Kampfes zur Flucht gewendet hatte. Doch Boxer war immer noch ein wenig unruhig.

"Ich glaube nicht, dass Snowball von Anfang an ein Verräter war", sagte er schließlich. "Was er seitdem getan hat, ist etwas anderes. Aber ich glaube, dass er bei der Schlacht beim Kuhstall ein guter Kamerad war."

"Unser Anführer, Kamerad Napoleon", verkündete Squealer, sehr langsam und fest sprechend, "hat kategorisch - kategorisch, Kamerad - erklärt, dass Snowball von Anfang an Jones' Agent war - ja, und zwar lange bevor an die Rebellion überhaupt gedacht wurde."

"Ah, das ist etwas anderes!", sagte Boxer. "Wenn Kamerad Napoleon es sagt, muss es stimmen."

"Das ist der wahre Geist, Kamerad!", rief Squealer, aber man merkte, dass er Boxer mit seinen kleinen funkelnden Augen einen sehr hässlichen Blick zuwarf. Er wandte sich zum Gehen, hielt dann inne und fügte eindrucksvoll hinzu: "Ich ermahne jedes Tier auf dieser Farm, die Augen sehr weit offen zu halten. Denn wir haben Grund zu der Annahme, dass in diesem Moment einige von Snowballs Geheimagenten unter uns lauern!"

Vier Tage später, am späten Nachmittag, befahl Napoleon allen Tieren, sich auf dem Hof zu versammeln. Als sie alle versammelt waren, trat Napoleon aus dem Bauernhaus, trug seine beiden Medaillen (denn er hatte sich vor Kurzem mit dem Titel "Animal Hero, First Class" und "Animal Hero, Second Class" ausgezeichnet), seine neun riesigen Hunde liefen um ihn herum und stießen ein Knurren aus, das allen Tieren einen Schauer über den Rücken jagte. Alle kauerten still auf ihren Plätzen und schienen im Voraus zu wissen, dass etwas Schreckliches passieren würde.

Napoleon stand da und betrachtete sein Publikum mit strengem Blick, dann stieß er ein lautes Wimmern aus. Sofort sprangen die Hunde vor, packten vier der Schweine an den Ohren und zerrten die Tiere, die vor Schmerz und Schrecken quiekten, zu Napoleons Füßen. Die Ohren der Schweine bluteten, die Hunde hatten Blut geschmeckt und für einige Augenblicke schienen sie ganz verrückt zu werden. Zum Erstaunen aller, stürzten sich drei von ihnen auf Boxer. Boxer sah sie kommen und streckte seinen großen Huf aus, erwischte einen Hund in der Luft und drückte ihn zu Boden. Der Hund schrie um Gnade und die anderen beiden flohen mit eingezogenen Schwänzen. Boxer schaute Napoleon an, um zu wissen, ob er den Hund zu Tode quetschen oder ihn loslassen sollte. Napoleon schien seine Miene zu ändern und befahl Boxer scharf, den Hund loszulassen, woraufhin Boxer seinen Huf hob und der Hund, zerschunden und heulend, davonrannte.

Schnell legte sich der Tumult. Die vier Schweine warteten, zitternd und mit Schuldgefühlen im Gesicht, während Napoleon sie aufforderte, sich zu fügen. Napoleon forderte sie nun auf, ihre Verbrechen zu gestehen. Es waren die gleichen vier Schweine, die protestiert hatten, als Napoleon die Sonntagsversammlungen abschaffte. Ohne weitere Aufforderung gestanden sie, dass sie seit seiner Vertreibung heimlich mit Snowball in Verbindung gestanden hatten, dass sie mit ihm bei der Zerstörung der Windmühle zusammengearbeitet hatten und dass sie mit ihm eine Vereinbarung getroffen hatten, die Farm der Tiere an Mr. Frederick zu übergeben. Sie fügten hinzu, dass Snowball ihnen gegenüber insgeheim zugegeben hatte, dass er in den vergangenen Jahren Jones' Geheimagent gewesen war. Als sie ihr Geständnis beendet hatten, rissen die Hunde ihnen prompt die Kehle auf, und mit schrecklicher Stimme verlangte Napoleon, ob noch irgendein anderes Tier etwas zu gestehen hätte.

Die drei Hühner, die die Rädelsführer bei dem versuchten Aufstand um die Eier gewesen waren, traten nun vor und erklärten, Snowball sei ihnen im Traum erschienen und habe sie angestiftet, Napoleons Befehle zu missachten. Auch sie wurden abgeschlachtet. Dann trat eine Gans vor und gestand, dass sie während der letztjährigen Ernte sechs Ähren versteckt und in der Nacht gegessen hatte. Dann gestand ein Schaf, in die Tränke uriniert zu haben - dazu aufgefordert, so sagte es, wurde es von Snowball - und zwei andere Schafe gestanden, einen alten Schafbock, einen besonders treuen Anhänger Napoleons, ermordet zu haben, indem sie ihn um ein Lagerfeuer herumgejagt hatten, als er an Husten litt. Sie wurden alle auf der Stelle erschlagen. Und so ging die Geschichte der Geständnisse und Hinrichtungen weiter, bis ein Leichenhaufen vor Napoleons Füßen lag und die Luft schwer war von dem Geruch des Blutes, den es dort seit der Vertreibung von Jones nicht mehr gegeben hatte.

Als alles vorbei war, krochen die verbliebenen Tiere, bis auf die Schweine und Hunde, in einem Pulk davon. Sie waren erschüttert und unglücklich. Sie wussten nicht, was schockierender war - der Verrat der Tiere, die sich mit Snowball verbündet hatten, oder die grausame Vergeltung, deren Zeuge sie gerade geworden waren. In den alten Tagen hatte es oft ebenso schreckliche Szenen des Blutvergießens gegeben, aber es schien ihnen allen, dass es jetzt, da es unter ihnen geschah, noch viel schlimmer war. Seit Jones die Farm verlassen hatte, bis heute, hatte kein Tier ein anderes Tier getötet. Nicht einmal eine Ratte war getötet worden. Sie hatten es bis zu der kleinen Anhöhe geschafft, auf der die halb fertige Windmühle stand, und alle legten sich einmütig hin, als ob sie sich aneinander kuscheln würden, um sich zu wärmen - Clover, Muriel, Benjamin, die Kühe, die Schafe und eine ganze Herde von Gänsen und Hühnern - wirklich alle, außer der Katze, die plötzlich verschwunden war, kurz bevor Napoleon den Tieren befahl, sich zu versammeln. Eine Zeit lang sprach niemand. Nur Boxer blieb auf seinen Füßen. Er zappelte hin und her, schlug seinen langen schwarzen Schwanz gegen die Seite und stieß gelegentlich ein kleines, überraschtes Wiehern aus. Schließlich sagte er:

"Ich verstehe es nicht. Ich hätte nicht geglaubt, dass so etwas auf unserer Farm passieren könnte. Es muss an einem Fehler in uns selbst liegen. Die Lösung sehe ich darin, dass wir härter arbeiten. Von nun an werde ich morgens eine volle Stunde früher aufstehen."

Und er setzte sich mit seinem schwerfälligen Trab in Bewegung und machte sich auf den Weg zum Steinbruch. Dort angekommen, sammelte er zwei aufeinanderfolgende Ladungen Steine ein und schleppte sie hinunter zur Windmühle, bevor er sich für die Nacht zurückzog.

Die Tiere kauerten um Clover herum und sprachen nicht. Von der Anhöhe, auf der sie lagen, hatten sie einen weiten Blick über die Landschaft. Das meiste von der Farm der Tiere war in ihrem Blickfeld - die lange Weide, die sich bis zur Hauptstraße hinunterzog, das Heufeld, der Feldrain, das Trinkbecken, die gepflügten Felder, auf denen der junge Weizen dick und grün war, und die roten Dächer der Farmgebäude mit dem Rauch, der aus den Schornsteinen kräuselte. Es war ein klarer Frühlingsabend. Das Gras und die ausladenden Hecken wurden von den flachen Strahlen der Sonne vergoldet. Niemals zuvor erschien die Farm - und mit einer Art von Überraschung erinnerten sie sich daran, dass es ihre eigene Farm war, jeder Zentimeter davon ihr eigener Besitz - den Tieren als ein so begehrenswerter Ort. Als Clover den Hügel hinunterblickte, füllten sich ihre Augen mit Tränen. Wenn sie ihre Gedanken hätte aussprechen können, wäre es gewesen, zu sagen, dass dies nicht das war, was sie angestrebt hatten, als sie sich vor Jahren vorgenommen hatten, für den Umsturz der menschlichen Spezies zu arbeiten. Diese Szenen des Terrors und des Gemetzels waren nicht das, worauf sie sich in jener Nacht gefreut hatten, als der alte Major sie zum ersten Mal zur Rebellion anstachelte. Wenn sie selbst ein Bild von der Zukunft hatte, dann war es das einer Gesellschaft von Tieren, die von Hunger und der Peitsche befreit waren, alle gleich, jeder arbeitete nach seinen Fähigkeiten, die Starken beschützten die Schwachen, so wie sie die entlaufene Entenbrut mit ihrem Vorderbein in der Nacht von Majors Rede geschützt hatte. Stattdessen - sie wusste nicht warum - waren sie in eine Zeit gekommen, in der niemand es wagte, seine Meinung zu sagen, in der überall grimmige, knurrende Hunde umherstreiften und in der man zusehen musste, wie die eigenen Kameraden in Stücke gerissen wurden, nachdem sie sich zu schockierenden Verbrechen bekannt hatten. Es gab keinen Gedanken an Rebellion oder Ungehorsam in ihrem Kopf. Sie wusste, dass es ihnen, so wie die Dinge waren, weitaus besser ging als in den Tagen von Jones, und dass es vor allem anderen notwendig war, die Rückkehr der Menschen zu verhindern. Was auch immer passieren würde, sie würde treu bleiben, hart arbeiten, die Befehle ausführen, die ihr gegeben wurden, und die Führung von Napoleon akzeptieren. Aber dennoch war es nicht das, worauf sie und all die anderen Tiere gehofft und geschuftet hatten. Nicht dafür hatten sie die Windmühle gebaut und sich den Kugeln von Jones' Gewehr gestellt. Das waren ihre Gedanken, auch wenn ihr die Worte fehlten, um sie auszudrücken.

Schließlich, als sie spürte, dass dies irgendwie ein Ersatz für die Worte war, die sie nicht finden konnte, begann sie "Tiere von England" zu singen. Die anderen Tiere, die um sie herum saßen, nahmen es auf und sangen es dreimal - sehr melodisch, aber langsam und traurig, so wie sie es noch nie zuvor gesungen hatten.

Sie hatten es gerade zum dritten Mal zu Ende gesungen, als Squealer, begleitet von zwei Hunden, auf sie zukam und den Eindruck machte, etwas Wichtiges sagen zu müssen. Er verkündete, dass durch ein spezielles Dekret von Kamerad Napoleon das Lied 'Tiere von England' abgeschafft worden war. Von nun an war es verboten, es zu singen.

Die Tiere waren verblüfft.

"Warum?", rief Muriel.

"Es wird nicht mehr gebraucht, Kamerad", sagte Squealer steif. "'Tiere von England' war das Lied der Rebellion. Aber die Rebellion ist nun beendet. Die Hinrichtung der Verräter heute Nachmittag war der letzte Akt. Der äußere und innere Feind ist besiegt. In 'Tiere von England' haben wir unsere Sehnsucht nach einer besseren Gesellschaft in den kommenden Tagen ausgedrückt. Aber diese Gesellschaft ist nun etabliert. Offensichtlich hat dieses Lied keinen Zweck mehr."

Erschrocken hätten einige der Tiere vielleicht protestiert, aber in diesem Moment setzten die Schafe ihr übliches Blöken von "Vier Beine gut, zwei Beine schlecht" in Gang, das mehrere Minuten andauerte und die Diskussion beendete.

So wurde 'Tiere von England' nicht mehr gehört. An seiner Stelle hatte Minimus, der Dichter, ein anderes Lied komponiert, das begann:

Farm der Tiere, Farm der Tiere,
Niemals sollst du zu Schaden kommen durch mich!

Und dieses wurde jeden Sonntagmorgen nach dem Hissen der Flagge gesungen. Aber irgendwie schienen weder die Worte noch die Melodie den Tieren jemals an 'Tiere von England' heranzureichen.

Kapitel VIII

Einige Tage später, als sich der Schrecken der Hinrichtungen gelegt hatte, erinnerten sich einige der Tiere daran - oder glaubten, sich daran zu erinnern -, dass das sechste Gebot besagt: "Kein Tier soll ein anderes Tier töten." Und obwohl es niemand vor den Schweinen oder Hunden erwähnen wollte, war man der Meinung, dass die Tötungen, die stattgefunden hatten, nicht mit diesem Gebot übereinstimmten. Clover bat Benjamin, ihr das sechste Gebot vorzulesen, und als Benjamin wie immer sagte, dass er sich nicht in solche Angelegenheiten einmischen wolle, holte sie Muriel. Muriel las ihr das Gebot vor. Es lautete: "Kein Tier soll ein anderes Tier OHNE GRUND töten." Irgendwie waren den Tieren die letzten Worte aus dem Gedächtnis gerutscht. Aber sie sahen nun, dass das Gebot nicht verletzt worden war; denn offensichtlich gab es einen guten Grund, die Verräter zu töten, die sich mit Snowball verbündet hatten.

Das ganze Jahr über arbeiteten die Tiere noch härter als im Jahr zuvor. Die Windmühle wieder aufzubauen, mit doppelt so dicken Mauern wie zuvor, und sie bis zum festgesetzten Termin fertigzustellen, war zusammen mit der regulären Arbeit auf dem Hof eine gewaltige Arbeit. Es gab Zeiten, in denen es den Tieren so vorkam, als ob sie länger arbeiteten und nicht besser gefüttert wurden als zu Jones' Zeiten. Am Sonntagmorgen las Squealer, der mit seinem Fuß einen langen Papierstreifen festhielt, Listen mit Zahlen vor, die bewiesen, dass die Produktion jeder Klasse von Nahrungsmitteln um zweihundert Prozent, dreihundert Prozent oder fünfhundert Prozent gestiegen war, je nachdem. Die Tiere sahen keinen Grund, ihm nicht zu glauben, zumal sie sich nicht mehr so genau daran erinnern konnten, wie die Bedingungen vor der Rebellion gewesen waren. Trotzdem gab es Tage, an denen sie das Gefühl hatten, dass sie lieber weniger Zahlen und mehr Futter gehabt hätten.

Alle Befehle wurden nun durch Squealer oder eines der anderen Schweine erteilt. Napoleon selbst wurde nicht mehr so oft in der Öffentlichkeit gesehen als einmal in vierzehn Tagen. Wenn er auftauchte, wurde er nicht nur von seinem Gefolge von Hunden begleitet, sondern auch von einem schwarzen Hahn, der vor ihm marschierte und als eine Art Trompeter fungierte, indem er ein lautes "cock-a-doodle-doo" ausstieß, bevor Napoleon sprach. Selbst im Bauernhaus, so hieß es, bewohnte Napoleon von den anderen getrennte Wohnungen. Er nahm seine Mahlzeiten alleine ein, mit zwei Hunden, die auf ihn warteten, und aß immer aus dem Crown Derby Tafelservice, das im Glasschrank des Salons gestanden hatte. Es wurde auch angekündigt, dass das Gewehr jedes Jahr an Napoleons Geburtstag abgefeuert werden sollte, ebenso wie an den anderen beiden Jahrestagen.

Napoleon wurde von nun an nie mehr einfach als "Napoleon" angesprochen. Er wurde immer im förmlichen Stil als "unser Anführer, Kamerad Napoleon" bezeichnet, und diese Schweine erfanden für ihn gerne solche Titel wie Vater aller Tiere, Terror der Menschheit, Beschützer des Schafstalls, Freund der Entenküken und dergleichen. In seinen Reden sprach Squealer mit über die Wangen rollenden Tränen von Napoleons Weisheit, der Güte seines Herzens und der tiefen Liebe, die er zu allen Tieren überall hegte, auch und gerade zu den unglücklichen Tieren, die auf anderen Farmen noch in Unwissenheit und Sklaverei lebten. Es war üblich geworden, Napoleon die Anerkennung für jede erfolgreiche Leistung und jeden Glücksfall zu geben. Oft hörte man eine Henne zu einer anderen bemerken: "Unter der Leitung unseres Anführers, Kamerad Napoleon, habe ich in sechs Tagen fünf Eier gelegt"; oder zwei Kühe, die einen Trunk am Teich genossen, riefen aus: "Dank der Führung von Kamerad Napoleon, wie ausgezeichnet dieses Wasser schmeckt!" Das allgemeine Gefühl auf der Farm wurde gut in einem Gedicht mit dem Titel Kamerad Napoleon ausgedrückt, das von Minimus verfasst wurde und wie folgt lautet:

Freund der Vaterlosen!
Quell des Glücks!
Herr des Fresskübels!
Oh, wie meine Seele brennt.
Entflammt, wenn ich in dein
Ruhiges befehlendes Auge schaue,
Wie die Sonne am Firmament,
Kamerad Napoleon!

Du bist der Quell
Von Allem, was deine Geschöpfe lieben,
Zweimal am Tag ein voller Bauch,
sauberes Stroh zum Wälzen;
Jedes Tier, ob groß oder klein
schläft friedlich in seinem Stalle ein,
Du wachest über allem -,
Kamerad Napoleon!

Hatt ich ein kleines Ferkel,
Noch eh es so groß geworden wär
So klein wie eine Flasche oder Walzholz,
Hätt es gelernt zu sein
Treu und ergeben dir!
Ja, sein erstes Quieken würde sein.
"Kamerad Napoleon!"

Napoleon billigte dieses Gedicht und ließ es an der Wand der großen Scheune anbringen, am gegenüberliegenden Ende der Sieben Gebote. Darüber befand sich ein Porträt von Napoleon im Profil, das von Squealer mit weißer Farbe gemalt wurde.

Währenddessen war Napoleon durch die Vermittlung von Whymper in komplizierte Verhandlungen mit Frederick und Pilkington verwickelt. Der Holzstapel war immer noch nicht verkauft. Von den beiden war Frederick derjenige, der es unbedingt haben wollte, aber er wollte keinen angemessenen Preis zahlen. Zur gleichen Zeit kamen erneut Gerüchte auf, dass Frederick und seine Männer planten, die Farm der Tiere anzugreifen und die Windmühle zu zerstören, deren Bau wütende Neidgefühle in ihm geweckt hatte. Snowball war bekannt dafür, dass er immer noch auf der Pinchfield Farm herumschlich. Mitten im Sommer wurden die Tiere alarmiert, als sie hörten, dass drei Hühner sich gemeldet und gestanden hatten, dass sie, inspiriert von Snowball, ein Komplott zur Ermordung Napoleons eingegangen waren. Sie wurden sofort hingerichtet und es wurden neue Vorkehrungen für Napoleons Sicherheit getroffen. Vier Hunde bewachten nachts sein Bett, einer an jeder Ecke, und ein junges Schwein namens Pinkeye bekam die Aufgabe, all sein Essen zu probieren, bevor er es aß, damit es nicht vergiftet werden konnte.

Ungefähr zur gleichen Zeit wurde bekannt, dass Napoleon den Verkauf des Holzstapels an Mr. Pilkington arrangiert hatte; er wollte auch ein regelmäßiges Abkommen über den Austausch bestimmter Produkte zwischen der Farm der Tiere und Foxwood abschließen. Die Beziehungen zwischen Napoleon und Pilkington, obwohl sie nur über Whymper liefen, waren nun fast freundschaftlich. Die Tiere misstrauten Pilkington als Mensch, zogen ihn aber Frederick vor, den sie sowohl fürchteten als auch hassten. Als der Sommer voranschritt und die Windmühle sich der Fertigstellung näherte, wurden die Gerüchte über einen bevorstehenden verräterischen Angriff immer stärker. Friedrich, so hieß es, beabsichtigte, zwanzig Männer gegen sie aufzubringen, die alle mit Gewehren bewaffnet waren, und er hatte bereits die Magistrate und die Polizei bestochen, so dass sie keine Fragen stellen würden, wenn er einmal in den Besitz der Besitzurkunden von der Farm der Tiere käme. Außerdem sickerten schreckliche Geschichten aus Pinchfield über die Grausamkeiten, die Frederick an seinen Tieren verübte, durch. Er hatte ein altes Pferd zu Tode gepeitscht, er hatte seine Kühe verhungern lassen, er hatte einen Hund getötet, indem er ihn in den Ofen warf, er amüsierte sich abends, indem er die Hähne mit Rasierklingensplittern kämpfen ließ, die er ihnen an die Sporen band. Das Blut der Tiere kochte vor Wut, wenn sie von diesen Dingen hörten, die ihren Kameraden angetan wurden, und manchmal schrien sie danach, dass sie in einem Trupp losziehen und die Pinchfield Farm angreifen, die Menschen vertreiben und die Tiere befreien müssten. Doch Squealer riet ihnen, überstürzte Aktionen zu vermeiden und auf Kamerad Napoleons Strategie zu vertrauen.

Nichtsdestotrotz waren die Gefühle gegen Frederick weiterhin aufgeheizt. Eines Sonntagmorgens erschien Napoleon in der Scheune und erklärte, dass er zu keiner Zeit in Erwägung gezogen hatte, den Holzstapel an Friedrich zu verkaufen; er hielt es für unter seiner Würde, mit solchen Schurken Geschäfte zu machen. Den Tauben, die immer noch ausgesandt wurden, um die Nachricht von der Rebellion zu verbreiten, wurde verboten, auch nur einen Fuß auf Foxwood zu setzen, und es wurde ihnen auch befohlen, ihre frühere Parole "Tod der Menschheit" zu Gunsten von "Tod Friedrichs" fallen zu lassen. Im Spätsommer wurde noch eine weitere von Snowballs Machenschaften aufgedeckt. Die Weizenernte war voller Unkraut und es wurde entdeckt, dass Snowball bei einem seiner nächtlichen Besuche Unkrautsamen mit dem Saatkorn vermischt hatte. Ein Ganter, der in das Komplott eingeweiht war, gestand Squealer seine Schuld und beging sofort Selbstmord, indem er tödliche Nachtschattenbeeren verschluckte. Die Tiere erfuhren nun auch, dass Snowball niemals - wie viele von ihnen bisher geglaubt hatten - den Orden "Tierischer Held, Erster Klasse" erhalten hatte. Dies war lediglich eine Legende, die einige Zeit nach der Schlacht im Kuhstall von Snowball selbst verbreitet worden war. Er war also nicht ausgezeichnet worden, sondern wegen seiner Feigheit in der Schlacht getadelt worden. Wieder einmal hörten einige der Tiere dies mit einer gewissen Verwunderung, aber Squealer konnte sie bald davon überzeugen, dass ihre Erinnerungen fehlerhaft waren.

Im Herbst wurde in einer gewaltigen, kräftezehrenden Anstrengung - denn die Ernte musste fast zur gleichen Zeit eingebracht werden - die

Windmühle fertiggestellt. Die Maschinen mussten noch installiert werden, und Whymper verhandelte über den Kauf, aber die Bauausführung war abgeschlossen. Trotz aller Schwierigkeiten, trotz Unerfahrenheit, trotz primitiver Geräte, trotz Pech und Snowballs Verrat war das Werk auf den Tag genau fertiggestellt worden! Erschöpft, aber stolz, liefen die Tiere um ihr Meisterwerk herum, das in ihren Augen noch schöner erschien als beim ersten Bau. Außerdem waren die Wände doppelt so dick wie zuvor. Nichts außer Sprengstoff würde sie dieses Mal niederlegen! Und wenn sie daran dachten, wie sie sich abgemüht hatten, welche Entmutigungen sie überwunden hatten und welchen enormen Unterschied es in ihrem Leben geben würde, wenn sich die Segel drehten und die Dynamos liefen - wenn sie an all das dachten, wich die Müdigkeit von ihnen und sie liefen um die Windmühle herum und stießen Triumphgeschrei aus. Napoleon selbst, begleitet von seinen Hunden und seinem Hahn, kam herbei, um das fertige Werk zu begutachten; er beglückwünschte die Tiere persönlich zu ihrer Leistung und verkündete, dass die Mühle den Namen Napoleon-Mühle erhalten würde.

Zwei Tage später wurden die Tiere zu einer besonderen Versammlung in der Scheune zusammengerufen. Sie waren stumm vor Überraschung, als Napoleon verkündete, dass er den Holzstapel an Frederick verkauft hatte. Morgen würden Friedrichs Wagen eintreffen und mit dem Abtransport beginnen. Während der ganzen Zeit seiner scheinbaren Freundschaft mit Pilkington war Napoleon in Wirklichkeit in geheimer Absprache mit Frederick gewesen.

Alle Beziehungen zu Foxwood waren abgebrochen worden; beleidigende Nachrichten waren an Pilkington geschickt worden. Die Tauben wurden angewiesen, Pinchfield Farm zu meiden und ihren Slogan von "Tod für Frederick" in "Tod für Pilkington" zu ändern. Gleichzeitig versicherte Napoleon den Tieren, dass die Geschichten über einen bevorstehenden Angriff auf die Farm der Tiere völlig unwahr seien und dass die Erzählungen über Fredericks Grausamkeit gegenüber seinen eigenen Tieren stark übertrieben seien. All diese Gerüchte hatten ihren Ursprung wahrscheinlich bei Snowball und seinen Agenten. Es stellte sich nun heraus, dass Snowball sich gar nicht auf der Pinchfield Farm versteckte und in Wirklichkeit nie in seinem Leben dort gewesen war: Er lebte - in beträchtlichem Luxus, so hieß es - auf Foxwood und war in Wirklichkeit seit Jahren ein Pensionsgast von Pilkington.

Die Schweine waren in Ekstase über Napoleons Gerissenheit. Indem er den Anschein erweckte, mit Pilkington befreundet zu sein, hatte er

Frederick gezwungen, sein Angebot um zwölf Pfund zu erhöhen. Aber die überlegene Qualität von Napoleons Verstand, sagte Squealer, zeigte sich in der Tatsache, dass er niemandem vertraute, nicht einmal Frederick. Frederick wollte das Holz mit einem sogenannten Scheck bezahlen, einem Stück Papier, auf dem ein Zahlungsversprechen stand. Aber Napoleon war zu schlau für ihn. Er verlangte die Zahlung in echten Fünf-Pfund-Noten, die vor dem Abtransport des Holzes ausgehändigt werden sollten. Friedrich hatte bereits gezahlt, und die Summe, die er bezahlt hatte, reichte gerade aus, um die Maschinen für die Windmühle zu kaufen.

Währenddessen wurde das Holz mit hoher Geschwindigkeit abtransportiert. Als alles weg war, wurde ein weiteres Treffen in der Scheune abgehalten, bei dem die Tiere Fredericks Geldscheine begutachten konnten. Glücklich lächelnd und mit beiden Orden bekleidet, lag Napoleon auf einem Strohbett auf dem Podest, mit dem Geld an seiner Seite, das ordentlich auf einem Porzellanteller aus der Küche des Bauernhauses aufgeschichtet war. Die Tiere zogen langsam vorbei, und jedes schaute sich satt. Und Boxer streckte seine Nase heraus, um an den Geldscheinen zu schnuppern, und die fadenscheinigen weißlichen Dinger bewegten sich und raschelten in seinem Atem.

Drei Tage später gab es ein schreckliches Tohuwabohu. Whymper, mit totenbleichem Gesicht, kam auf seinem Fahrrad den Weg hinaufgerast, warf es im Hof ab und stürmte geradewegs ins Bauernhaus. Im nächsten Moment ertönte ein erstickendes Wutbrüllen aus Napoleons Gemächern. Die Nachricht von dem, was passiert war, verbreitete sich wie ein Lauffeuer auf dem Hof. Die Geldscheine waren Fälschungen! Friedrich hatte das Holz umsonst bekommen!

Napoleon rief sofort die Tiere zusammen und sprach mit schrecklicher Stimme das Todesurteil über Friedrich aus. Wenn er gefangen genommen werde, sagte er, solle Friedrich lebendig gekocht werden. Gleichzeitig warnte er sie, dass nach dieser verräterischen Tat das Schlimmste zu erwarten sei. Friedrich und seine Männer könnten jeden Moment ihren lang erwarteten Angriff starten. An allen Zugängen zum Hof wurden Wachen aufgestellt. Zusätzlich wurden vier Tauben mit einer versöhnlichen Botschaft nach Foxwood geschickt, von der man hoffte, dass sie die guten Beziehungen zu Pilkington wiederherstellen würde.

Gleich am nächsten Morgen kam der Angriff. Die Tiere waren gerade beim Frühstück, als die Wachposten mit der Nachricht hereinstürmten, dass Frederick und sein Gefolge bereits durch das fünfgliedrige Tor hereingekommen waren. Mutig stürmten die Tiere ihnen entgegen, aber dieses Mal hatten sie nicht den leichten Sieg, den sie in der Schlacht im Kuhstall errungen hatten. Es waren fünfzehn Männer, mit einem halben Dutzend Gewehren zwischen ihnen, und sie eröffneten das Feuer, sobald sie sich auf fünfzig Meter genähert hatten. Die Tiere konnten den schrecklichen Explosionen und den stechenden Kugeln nicht standhalten, und trotz der Bemühungen von Napoleon und Boxer, sie zu sammeln, wurden sie bald zurückgetrieben. Einige von ihnen waren bereits verwundet. Sie suchten Zuflucht in den Wirtschaftsgebäuden und spähten vorsichtig durch Ritzen und Astlöcher hinaus. Die gesamte große Weide, einschließlich der Windmühle, war in der Hand des Feindes. Für den Moment schien sogar Napoleon ratlos zu sein. Er schritt wortlos auf und ab, sein Schwanz starr und zuckend. Wehmütige Blicke wurden in die Richtung von Foxwood geschickt. Wenn Pilkington und seine Männer ihnen helfen würden, könnte der Tag noch gewonnen werden. Doch in diesem Moment kehrten die vier Tauben, die am Vortag ausgesandt worden waren, zurück und eine von ihnen trug einen Zettel von Pilkington. Darauf waren mit Bleistift die Worte geschrieben: "Geschieht dir recht."

Inzwischen waren Frederick und seine Männer um die Windmühle herum stehen geblieben. Die Tiere beobachteten sie, und ein Gemurmel der Bestürzung ging um. Zwei der Männer hatten ein Brecheisen und einen Vorschlaghammer hervorgeholt. Sie wollten die Windmühle niederschlagen.

"Unmöglich!", rief Napoleon. "Dafür haben wir die Mauern viel zu dick gebaut. Sie können sie nicht in einer Woche niederreißen. Nur Mut, Kameraden!"

Doch Benjamin beobachtete aufmerksam die Bewegungen der Männer. Die beiden mit dem Hammer und der Brechstange bohrten ein Loch in der Nähe des Sockels der Windmühle. Langsam und mit einer fast amüsierten Miene nickte Benjamin mit seiner langen Schnauze.

"Das dachte ich mir", sagte er. "Siehst du nicht, was sie tun? Gleich werden sie Sprengstoff in dieses Loch packen."

Erschrocken warteten die Tiere ab. Es war jetzt unmöglich, sich aus dem Schutz der Gebäude zu wagen. Nach ein paar Minuten sah man die Männer in alle Richtungen rennen. Dann ertönte ein ohrenbetäubendes Gebrüll. Die Tauben wirbelten in die Luft, und alle Tiere, außer Napoleon, warfen sich flach auf ihre Bäuche und verbargen ihre

Gesichter. Als sie wieder aufstanden, hing eine riesige Wolke aus schwarzem Rauch dort, wo die Windmühle gestanden hatte. Langsam trieb der Wind sie weg. Die Windmühle hatte aufgehört zu existieren!

Bei diesem Anblick kehrte der Kampfesmut der Tiere zu ihnen zurück. Die Angst und Verzweiflung, die sie noch einen Moment zuvor empfunden hatten, wurden von ihrer Wut über diese abscheuliche, verachtenswerte Tat übertönt. Ein mächtiger Schrei nach Rache erhob sich, und ohne auf weitere Befehle zu warten, stürmten sie in einem Pulk los und rannten direkt auf den Feind zu. Dieses Mal achteten sie nicht auf die grausamen Kugeln, die wie Hagel über sie hinwegfegten. Es war ein wilder, erbitterter Kampf. Die Männer feuerten wieder und wieder, und wenn die Tiere in die Nähe kamen, schlugen sie mit ihren Stöcken und schweren Stiefeln zu. Eine Kuh, drei Schafe und zwei Gänse wurden getötet, und fast alle wurden verwundet. Sogar Napoleon, der das Geschehen von hinten leitete, wurde von einer Gewehrkugel an der Schwanzspitze getroffen. Aber auch die Männer kamen nicht ungeschoren davon. Drei von ihnen wurde durch Hiebe von Boxers Hufen der Schädel eingeschlagen; einem anderen wurde von einem Kuhhorn der Bauch aufgespießt; einem anderen wurde von Jessie und Bluebell fast die Hose heruntergerissen. Und als die neun Hunde von Napoleons eigener Leibwache, die er angewiesen hatte, einen Umweg im Schutz der Hecke zu machen, plötzlich an der Flanke der Männer auftauchten und wild bellten, überkam sie Panik. Sie sahen, dass sie in Gefahr waren, umzingelt zu werden. Frederick rief seinen Männern zu, dass sie abhauen sollten, solange es noch ging, und im nächsten Moment rannte der feige Feind um sein Leben. Die Tiere verfolgten sie bis zum unteren Ende des Feldes und verpassten ihnen ein paar letzte Tritte, als sie sich durch die Dornenhecke zwängten.

Sie hatten gewonnen, aber sie waren erschöpft und bluteten. Langsam begannen sie, zurück zum Hof zu humpeln. Der Anblick ihrer toten Kameraden, die im Gras lagen, rührte einige von ihnen zu Tränen. Und für eine Weile blieben sie in trauriger Stille an der Stelle stehen, wo einst die Windmühle gestanden hatte. Ja, sie war weg; fast die letzte Spur ihrer Arbeit war verschwunden! Sogar das Fundament war teilweise zerstört. Und beim Wiederaufbau konnten sie dieses Mal nicht, wie zuvor, die heruntergefallenen Steine verwenden. Diesmal waren die Steine auch verschwunden. Die Wucht der Explosion hatte sie hunderte von Metern weit weggeschleudert. Es war, als hätte es die Windmühle nie gegeben.

Als sie sich dem Bauernhof näherten, kam Squealer, der während des Kampfes unerklärlicherweise abwesend gewesen war, schwanzwedelnd und zufrieden strahlend auf sie zugehüpft. Und die Tiere hörten, aus der Richtung der Farmgebäude, das feierliche Dröhnen eines Gewehrs.

" Warum feuert das Gewehr?", fragte Boxer.

"Um unseren Sieg zu feiern!", rief Squealer.

"Welchen Sieg?", fragte Boxer. Seine Knie bluteten, er hatte einen Schuh verloren und seinen Huf gespalten, und ein Dutzend Kugeln hatten sich in seinem Hinterbein festgesetzt.

"Welcher Sieg, Kamerad? Haben wir den Feind nicht von unserem Boden vertrieben - dem heiligen Boden der Farm der Tiere?"

"Aber sie haben die Windmühle zerstört. Und wir hatten zwei Jahre lang daran gearbeitet!"

"Was macht das schon? Wir werden eine weitere Windmühle bauen. Wir werden sechs Windmühlen bauen, wenn wir Lust dazu haben. Du weißt nicht zu schätzen, Kamerad, was für eine gewaltige Tat wir vollbracht haben. Der Feind hat genau diesen Boden besetzt, auf dem wir stehen. Und jetzt - dank der Führung des Kameraden Napoleon - haben wir jeden Zentimeter davon wieder zurückgewonnen!"

"Dann haben wir zurückgewonnen, was wir vorher hatten", sagte Boxer.

"Das ist unser Sieg", sagte Squealer.

Sie humpelten zum Hof. Die Kügelchen unter der Haut von Boxers Bein schmerzten. Er sah die schwere Arbeit vor sich, die Windmühle aus den Fundamenten wieder aufzubauen, und schon bei der Vorstellung sträubte er sich gegen die Aufgabe. Zum ersten Mal kam ihm zu Bewusstsein, dass er elf Jahre alt war und dass seine großen Muskeln vielleicht nicht mehr ganz das waren, was sie einmal gewesen waren.

Aber als die Tiere die grüne Fahne wehen sahen und das Gewehr wieder schießen hörten - insgesamt wurde es sieben Mal abgefeuert - und die Rede hörten, die Napoleon hielt und sie zu ihrem Verhalten beglückwünschte, schien es ihnen doch, dass sie einen großen Sieg errungen hatten. Den in der Schlacht getöteten Tieren wurde ein feierliches Begräbnis zuteil. Boxer und Clover zogen den Wagen, der als Leichenwagen diente, und Napoleon selbst schritt an der Spitze der Prozession. Zwei ganze Tage wurden für die Feierlichkeiten genutzt. Es gab Lieder, Reden und weitere Böllerschüsse, und als besonderes

Geschenk gab es für jedes Tier einen Apfel, für jeden Vogel zwei Unzen Mais und für jeden Hund drei Kekse. Es wurde verkündet, dass die Schlacht "Schlacht an der Windmühle" genannt werden würde und dass Napoleon einen neuen Orden geschaffen hatte, den Orden des Grünen Banners, den er sich selbst verliehen hatte. In der allgemeinen Freude wurde die unglückliche Affäre der Geldscheine vergessen.

Ein paar Tage später stießen die Schweine im Keller des Bauernhauses auf eine Kiste mit Whisky. Sie war übersehen worden, als das Haus neu bezogen wurde. In dieser Nacht ertönte aus dem Bauernhaus lauter Gesang, in den sich zur Überraschung aller die Klänge von 'Tiere von England' mischten. Gegen halb zehn sah man deutlich, wie Napoleon, der einen alten Bowlerhut von Mr. Jones trug, aus der Hintertür heraustrat, schnell über den Hof hüpfte und wieder im Haus verschwand. Doch am Morgen lag eine tiefe Stille über dem Bauernhaus. Kein einziges Schwein schien sich zu rühren. Es war fast neun Uhr, als Squealer auftauchte. Er ging langsam und niedergeschlagen, mit trüben Augen, der Schwanz hing schlaff hinter ihm her und es sah aus, als wäre er schwer krank. Er rief die Tiere zusammen und erzählte ihnen, dass er eine schreckliche Nachricht zu überbringen hatte. Kamerad Napoleon lag im Sterben!

Ein Schrei des Wehklagens wurde laut. Stroh wurde vor die Türen des Bauernhauses gelegt, und die Tiere gingen auf Zehenspitzen. Mit Tränen in den Augen fragten sie sich gegenseitig, was sie tun sollten, wenn ihnen ihr Anführer weggenommen würde. Ein Gerücht machte die Runde, dass Snowball es doch noch geschafft hatte, Gift in Napoleons Futter zu bringen. Um elf Uhr kam Squealer heraus, um eine weitere Ankündigung zu machen. Als seine letzte Tat auf Erden hatte Kamerad Napoleon ein feierliches Dekret verkündet: das Trinken von Alkohol sollte mit dem Tod bestraft werden.

Am Abend schien es Napoleon jedoch etwas besser zu gehen, und am nächsten Morgen konnte Squealer mitteilen, dass er auf dem Weg der Besserung sei. Am Abend dieses Tages war Napoleon wieder bei der Arbeit, und am nächsten Tag erfuhr man, dass er Whymper angewiesen hatte, in Willingdon einige Broschüren über das Brauen und Destillieren zu kaufen. Eine Woche später gab Napoleon die Anweisung, dass die kleine Koppel jenseits des Obstgartens, die man zuvor als Weideplatz für arbeitsunfähige Tiere hatte einrichten wollen, umgepflügt werden sollte. Es wurde behauptet, dass die Weide erschöpft sei und neu eingesät werden müsse; aber bald wurde bekannt, dass Napoleon beabsichtigte, sie mit Gerste zu besäen.

Ungefähr zu dieser Zeit ereignete sich ein seltsamer Vorfall, den kaum jemand zu verstehen vermochte. Eines Nachts gegen zwölf Uhr gab es ein lautes Krachen auf dem Hof, und die Tiere stürmten aus ihren Ställen. Es war eine mondhelle Nacht. Am Fuß der Stirnwand der großen Scheune, wo die Sieben Gebote geschrieben standen, lag eine in zwei Teile zerbrochene Leiter. Squealer, vorübergehend betäubt, lag daneben, und in der Nähe lagen eine Laterne, ein Pinsel und ein umgestürzter Topf mit weißer Farbe. Die Hunde bildeten sofort einen Kreis um Squealer und eskortierten ihn zurück zum Farmhaus, sobald er in der Lage war zu laufen. Keines der Tiere konnte sich einen Reim darauf machen, was das zu bedeuten hatte, außer dem alten Benjamin, der wissend mit der Schnauze nickte und zu verstehen schien, aber nichts sagen wollte.

Aber ein paar Tage später las Muriel die Sieben Gebote vor sich hin und bemerkte, dass es noch ein weiteres gab, das die Tiere falsch in Erinnerung hatten. Sie hatten gedacht, das fünfte Gebot sei "Kein Tier soll Alkohol trinken", aber da waren noch zwei Worte, die sie vergessen hatten. Eigentlich lautete das Gebot: "Kein Tier soll Alkohol im Übermaß trinken."

Kapitel IX

Boxers gespaltener Huf brauchte lange, bis er verheilt war. Sie hatten am Tag nach dem Ende der Siegesfeierlichkeiten mit dem Wiederaufbau der Windmühle begonnen. Boxer weigerte sich, auch nur einen Tag von der Arbeit freizunehmen, und machte es zu einer Ehrensache, sich nicht anmerken zu lassen, dass er Schmerzen hatte. Abends gestand er Clover insgeheim, dass der Huf ihm große Sorgen bereitete. Clover behandelte den Huf mit Umschlägen aus Kräutern, die sie durch Kauen zubereitete, und sowohl sie als auch Benjamin ermahnten Boxer, weniger hart zu arbeiten. "Die Lunge eines Pferdes hält nicht ewig", sagte sie zu ihm. Aber Boxer wollte nicht hören. Er hatte, wie er sagte, nur noch einen wirklichen Ehrgeiz - die Windmühle in Gang zu bringen, bevor er das Alter für den Ruhestand erreichte.

Zu Beginn, als die Gesetze der Farm der Tiere zum ersten Mal formuliert wurden, hatte man das Rentenalter für Pferde und Schweine auf zwölf, für Kühe auf vierzehn, für Hunde auf neun, für Schafe auf sieben und für Hühner und Gänse auf fünf Jahre festgelegt. Liberale Altersrenten waren vereinbart worden. Bisher war noch kein Tier tatsächlich in Rente gegangen, aber in letzter Zeit wurde das Thema immer öfter diskutiert. Nachdem das kleine Feld jenseits des Obstgartens für den Gerstenanbau eingerichtet worden war, ging das Gerücht um, dass eine Ecke der großen Weide abgezäunt und zu einem Weideplatz für überalterte Tiere gemacht werden sollte. Für ein Pferd, so hieß es, würde die Rente fünf Pfund Mais pro Tag betragen und im Winter fünfzehn Pfund Heu, mit einer Karotte oder vielleicht einem Apfel an Feiertagen. Boxers zwölfter Geburtstag war im Spätsommer des folgenden Jahres fällig.

In der Zwischenzeit war das Leben hart. Der Winter war so kalt wie der letzte gewesen, und das Futter war noch knapper. Wieder einmal wurden alle Rationen gekürzt, außer die der Schweine und der Hunde. Eine zu starre Gleichheit bei den Rationen, erklärte Squealer, hätte den Prinzipien des Animalismus widersprochen. Auf jeden Fall hatte er keine Schwierigkeiten, den anderen Tieren zu beweisen, dass es ihnen in Wirklichkeit NICHT an Nahrung mangelte, was auch immer der Anschein sein mochte. Für den Moment war es sicherlich notwendig gewesen, die Rationen neu anzupassen (Squealer sprach immer von einer "Anpassung", nie von einer "Reduzierung"), aber im Vergleich zu den Tagen von Jones war die Verbesserung enorm. Mit schriller, schneller Stimme las er die Zahlen vor und bewies ihnen im Detail, dass sie mehr Hafer, mehr Heu, mehr Rüben hatten als zu Jones' Zeiten, dass sie kürzer arbeiteten, dass ihr Trinkwasser von besserer Qualität war, dass sie länger lebten, dass ein größerer Anteil ihrer Jungen das Säuglingsalter überlebte und dass sie mehr Stroh in ihren Ställen hatten und weniger unter Flöhen litten. Die Tiere glaubten jedes Wort davon. Die Wahrheit ist, dass Jones und alles, wofür er stand, fast aus ihrem Gedächtnis verschwunden war. Sie wussten, dass das Leben heutzutage hart und karg war, dass sie oft hungrig und öfter froren und dass sie meist arbeiteten, wenn sie nicht gerade schliefen. Aber zweifellos war es früher schlimmer gewesen. Sie waren froh, das zu glauben. Außerdem waren sie damals Sklaven gewesen und jetzt waren sie frei, und das machte einen großen Unterschied, wie Squealer nicht versäumte zu betonen.

Es gab jetzt viel mehr Mäuler zu stopfen. Im Herbst hatten die vier Sauen alle gleichzeitig geworfen und zusammen einunddreißig junge Schweine zur Welt gebracht. Die Jungschweine waren gescheckt, und da Napoleon der einzige Eber auf dem Hof war, konnte man ihre Abstammung erahnen. Es wurde angekündigt, dass später, wenn man Ziegel und Holz gekauft hatte, ein Schulzimmer im Garten des Bauernhauses gebaut werden würde. In der Zwischenzeit wurden die jungen Schweine von Napoleon selbst in der Küche des Bauernhauses unterrichtet. Sie bekamen ihren Auslauf im Garten und wurden davon abgehalten, mit den anderen Jungtieren zu spielen. Zu dieser Zeit wurde auch die Regel aufgestellt, dass, wenn sich ein Schwein und ein anderes Tier auf dem Weg treffen, das andere Tier beiseite gehen muss; und auch, dass alle Schweine, egal welchen Grades, das Privileg haben, sonntags grüne Bänder am Schwanz zu tragen.

Der Bauernhof hatte ein recht erfolgreiches Jahr hinter sich, war aber immer noch knapp bei Kasse. Da waren Ziegelsteine, Sand und Kalk für den Schulraum zu kaufen, und es würde auch nötig sein, wieder mit dem Sparen für die Maschinen der Windmühle zu beginnen. Dann gab es noch Lampenöl und Kerzen für das Haus, Zucker für Napoleons eigenen Tisch (er verbot dies den anderen Schweinen, mit der Begründung, dass es sie fett machte) und all die üblichen Dinge wie Werkzeuge, Nägel, Schnur, Kohle, Draht, Alteisen und Hundekekse. Ein Stapel Heu und ein Teil der Kartoffelernte wurden verkauft, und der Vertrag für Eier wurde auf sechshundert pro Woche erhöht, so dass die Hühner in diesem Jahr kaum genug Küken ausbrüteten, um ihre Zahl auf dem gleichen Niveau zu halten. Die Rationen, die im Dezember reduziert wurden, wurden im Februar noch einmal gekürzt und Laternen in den Ställen wurden verboten, um Öl zu sparen. Aber die Schweine schienen sich wohl zu fühlen und nahmen sogar an Gewicht zu, wenn überhaupt. Eines Nachmittags im späten Februar wehte ein warmer, satter, appetitlicher Geruch über den Hof, wie ihn die Tiere noch nie zuvor gerochen hatten, ausgehend von dem kleinen Sudhaus, das zu Jones' Zeiten stillgelegt worden war und das hinter der Küche stand. Jemand sagte, es sei der Geruch von kochender Gerste. Die Tiere schnupperten hungrig an der Luft und fragten sich, ob ein warmer Brei für ihr Abendessen vorbereitet wurde. Aber es gab keinen warmen Brei, und am folgenden Sonntag wurde verkündet, dass von nun an alle Gerste für die Schweine reserviert sei. Das Feld jenseits des Obstgartens war bereits mit Gerste besät worden. Und bald sickerte die Nachricht durch, dass jedes Schwein nun täglich eine Ration von einem halben Liter Bier erhielt, mit einer halben Gallone für Napoleon selbst, das ihm stets in der Crown Derby Suppenterrine serviert wurde.

Aber wenn es Entbehrungen zu ertragen gab, so wurden sie teilweise dadurch ausgeglichen, dass das Leben heutzutage eine größere Würde hatte als zuvor. Es gab mehr Lieder, mehr Reden, mehr Prozessionen. Napoleon hatte befohlen, dass einmal in der Woche etwas abgehalten werden sollte, das man eine Spontan-Demonstration nannte, deren Ziel es war, die Kämpfe und Triumphe der Farm der Tiere zu feiern. Zur festgesetzten Zeit verließen die Tiere ihre Arbeit und marschierten in militärischer Formation um das Gelände der Farm, mit den Schweinen an der Spitze, dann die Pferde, dann die Kühe, dann die Schafe und dann das Federvieh. Die Hunde flankierten die Prozession und an der Spitze von allen marschierte Napoleons schwarzer Gockel. Boxer und Clover trugen zwischen sich immer ein grünes Banner, das mit dem Huf und dem Horn gekennzeichnet war und die Aufschrift trug: "Es lebe Kamerad Napoleon!" Danach gab es Rezitationen von Gedichten, die zu Napoleons Ehren verfasst worden waren, und eine Rede von Squealer, in der er Einzelheiten über die neuesten Steigerungen in der Produktion von Nahrungsmitteln erzählte, und gelegentlich wurde ein Schuss aus dem Gewehr abgefeuert. Die Schafe waren die größten Anhänger der Spontandemonstration, und wenn sich jemand beschwerte (wie es einige Tiere manchmal taten, wenn keine Schweine oder Hunde in der Nähe waren), dass es Zeitverschwendung sei und viel Herumstehen in der Kälte bedeute, waren die Schafe sicher, ihn mit einem gewaltigen Blöken zum Schweigen zu bringen: "Vier Beine gut, zwei Beine schlecht!" Aber im Großen und Ganzen genossen die Tiere diese Feiern. Sie fanden es tröstlich, daran erinnert zu werden, dass sie am Ende wirklich ihre eigenen Herren waren und dass die Arbeit, die sie taten, zu ihrem eigenen Nutzen war. So konnten sie bei den Liedern, den Umzügen, Squealers Zahlenlisten, dem Donner des Gewehrs, dem Krähen des Hahns und dem Flattern der Flagge vergessen, dass ihre Bäuche leer waren, zumindest einen Teil der Zeit.

Im April wurde die Farm der Tiere zur Republik ausgerufen, und es wurde notwendig, einen Präsidenten zu wählen. Es gab nur einen Kandidaten, Napoleon, der einstimmig gewählt wurde. Am selben Tag wurde bekannt gegeben, dass neue Dokumente entdeckt worden waren, die weitere Details über Snowballs Komplizenschaft mit Jones enthüllten. Es stellte sich nun heraus, dass Snowball nicht, wie die Tiere zuvor vermutet hatten, lediglich versucht hatte, die Schlacht im Kuhstall durch eine List zu verlieren, sondern offen auf Jones' Seite gekämpft hatte. Tatsächlich war er der Anführer der menschlichen Streitkräfte und stürmte mit den Worten "Es lebe die Menschheit!" in die Schlacht. Die Wunden auf Snowballs Rücken, die ein paar der Tiere noch zu sehen glaubten, waren von Napoleons Zähnen zugefügt worden.

Mitten im Sommer tauchte Moses, der Rabe, plötzlich wieder auf der Farm auf, nach einer Abwesenheit von mehreren Jahren. Er war ganz unverändert, machte immer noch keine Arbeit und sprach in der gleichen Anspannung wie immer über den Sugarcandy Mountain. Er hockte auf einem Baumstumpf, schlug mit seinen schwarzen Flügeln und redete stundenweise mit jedem, der ihm zuhören wollte. "Dort oben, Kameraden", sagte er feierlich und deutete mit seinem großen Schnabel in den Himmel - "dort oben, gleich auf der anderen Seite der dunklen Wolke, die ihr sehen könnt - dort liegt er, der Zuckerhut-Berg, das glückliche Land, in dem wir armen Tiere für immer von unserer Arbeit ausruhen werden!" Er behauptete sogar, auf einem seiner höheren Flüge dort gewesen zu sein und die immerwährenden Kleefelder und den an den Hecken wachsenden Leinkuchen und Würfelzucker gesehen zu haben. Viele der Tiere glaubten ihm. Ihr jetziges Leben, so dachten sie, war hungrig und mühsam; war es nicht richtig und gerecht, dass eine bessere Welt irgendwo anders existieren sollte? Eine Sache, die schwer zu bestimmen war, war die Haltung der Schweine gegenüber Moses. Sie erklärten alle verächtlich, dass seine Geschichten über den Sugarcandy Mountain Lügen seien, und doch erlaubten sie ihm, auf der Farm zu bleiben, nicht zu arbeiten, mit einer Zuwendung von einem Gläschen Bier pro Tag.

Nachdem sein Huf wieder verheilt war, arbeitete Boxer härter als je zuvor. In der Tat arbeiteten alle Tiere in diesem Jahr wie Sklaven. Abgesehen von der regulären Arbeit auf dem Hof und dem Wiederaufbau der Windmühle, gab es noch das Schulhaus für die jungen Schweine, das im März begonnen wurde. Manchmal waren die langen Stunden bei unzureichendem Essen schwer zu ertragen, aber Boxer ließ sich nicht beirren. In nichts, was er sagte oder tat, gab es ein Anzeichen dafür, dass seine Kraft nicht mehr das war, was sie einmal war. Nur sein Äußeres war ein wenig verändert; sein Fell glänzte nicht mehr so stark wie früher und seine großen Hüften schienen geschrumpft zu sein. Die anderen sagten: "Boxer wird wieder zunehmen, wenn das Frühlingsgras kommt"; aber der Frühling kam und Boxer wurde nicht dicker. Manchmal, wenn er am Hang, der zum Gipfel des Steinbruchs führte, seine Muskeln gegen das Gewicht eines riesigen Felsblocks stemmte, schien es, als würde ihn nichts auf den Beinen halten, außer dem Willen, weiterzumachen. In solchen Momenten sah man seine Lippen die Worte formen: "Ich werde härter arbeiten"; er hatte keine Stimme mehr. Wieder einmal ermahnten ihn Clover und Benjamin, auf seine Gesundheit zu achten, aber Boxer schenkte dem keine Beachtung. Sein zwölfter Geburtstag rückte immer näher. Es war ihm egal, was passierte, solange er ein gutes Steinlager anhäufte, bevor er in Rente ging.

Eines späten Abends im Sommer machte plötzlich das Gerücht die Runde, dass Boxer etwas zugestoßen sei. Er war alleine losgezogen, um eine Ladung Steine zur Windmühle zu schleppen. Und tatsächlich, das Gerücht war wahr. Ein paar Minuten später kamen zwei Tauben im Wettflug mit der Nachricht: "Boxer ist gestürzt! Er liegt auf der Seite und kann nicht mehr aufstehen!"

Ungefähr die Hälfte der Tiere auf dem Hof eilte hinaus auf die Anhöhe, wo die Windmühle stand. Dort lag Boxer, zwischen den Deichseln des Wagens, den Hals durchgestreckt, unfähig, auch nur den Kopf zu heben. Seine Augen waren glasig, seine Seiten mit Schweiß überzogen. Ein dünner Strom von Blut sickerte aus seinem Mund. Clover fiel an seiner Seite auf die Knie.

"Boxer!", rief sie, "wie geht es dir?"

"Es ist meine Lunge", erwiderte Boxer mit schwacher Stimme. "Das macht nichts. Ich denke, du wirst die Windmühle auch ohne mich fertigstellen können. Es hat sich ein ziemlich guter Vorrat an Steinen angesammelt. Ich hatte auf jeden Fall nur noch einen Monat vor mir. Um die Wahrheit zu sagen, hatte ich mich schon auf meinen Ruhestand gefreut. Und vielleicht, da Benjamin auch alt wird, werden sie ihn auch in den Ruhestand gehen lassen und mir zur Seite stehen."

"Wir müssen sofort Hilfe holen", sagte Clover. "Lauft, irgendjemand, und sagt Squealer, was passiert ist."

Alle anderen Tiere rannten sofort zurück zum Bauernhaus, um Squealer die Nachricht zu überbringen. Nur Clover blieb zurück und Benjamin, der sich an Boxers Seite legte und, ohne zu sprechen, die Fliegen mit seinem langen Schwanz von ihm fernhielt. Nach etwa einer Viertelstunde erschien Squealer, voller Anteilnahme und Sorge. Er sagte, dass Kamerad Napoleon mit tiefster Betroffenheit von diesem Unglück eines der treuesten Arbeiter auf der Farm erfahren hatte und bereits Vorkehrungen traf, Boxer zur Behandlung in das Krankenhaus nach Willingdon zu schicken. Die Tiere fühlten sich dabei ein wenig unwohl. Außer Mollie und Snowball hatte noch kein anderes Tier die Farm verlassen und sie dachten nicht gerne daran, ihren kranken Kameraden in den Händen von Menschen zu sehen. Doch Squealer konnte sie leicht davon überzeugen, dass der Tierarzt in Willingdon Boxers Fall zufriedenstellender behandeln konnte, als es auf der Farm möglich sei. Und etwa eine halbe Stunde später, als Boxer sich einigermaßen erholt hatte, wurde er mit Mühe auf die Beine gestellt und schaffte es, zurück in seinen Stall zu humpeln, wo Clover und Benjamin ein gutes Bett aus Stroh für ihn vorbereitet hatten.

Für die nächsten zwei Tage blieb Boxer in seinem Stall. Die Schweine hatten eine große Flasche mit rosafarbener Medizin nach draußen geschickt, die sie in der Hausapotheke im Badezimmer gefunden hatten, und Clover verabreichte sie Boxer zweimal am Tag nach den Mahlzeiten. Abends lag sie in seinem Stall und redete mit ihm, während Benjamin ihm die Fliegen vom Leib hielt. Boxer beteuerte, dass es ihm nicht leid tat, was geschehen war. Wenn er sich gut erholte, konnte er erwarten, noch drei Jahre zu leben, und er freute sich auf die friedlichen Tage, die er in der Ecke der großen Weide verbringen würde. Es würde das erste Mal sein, dass er Muße haben würde, zu studieren und seinen Geist zu verbessern. Er beabsichtigte, so sagte er, den Rest seines Lebens dem Erlernen der restlichen zweiundzwanzig Buchstaben des Alphabets zu widmen.

Benjamin und Clover konnten jedoch nur nach der Arbeitszeit mit Boxer zusammen sein, und es war mitten am Tag, als der Transporter kam, um ihn abzuholen. Die Tiere waren gerade dabei, unter der Aufsicht eines Schweins Rüben zu jäten, als sie zu ihrem Erstaunen sahen, wie Benjamin aus Richtung der Farmgebäude galoppierte und lauthals brüllte. Es war das erste Mal, dass sie Benjamin aufgeregt sahen - es war sogar das erste Mal, dass irgendjemand ihn jemals galoppieren sah. "Schnell, schnell!", rief er. "Kommt sofort! Sie bringen Boxer weg!" Ohne auf die Befehle des Schweins zu warten, brachen die Tiere ihre Arbeit ab und rannten zurück zu den Hofgebäuden. Sicherlich stand dort auf dem Hof ein großer geschlossener Kastenwagen, der von zwei Pferden gezogen wurde, mit einem Schriftzug an der Seite und einem verschlagen aussehenden Mann mit einem tief sitzenden Bowlerhut auf dem Fahrersitz. Der Stall von Boxer war leer.

Die Tiere drängten sich um den Wagen. "Auf Wiedersehen, Boxer!", riefen sie im Chor, "auf Wiedersehen!"

"Dummköpfe! Narren!", rief Benjamin, tänzelte um sie herum und stampfte mit seinen kleinen Hufen auf die Erde. "Narren! Seht ihr nicht, was an der Seite des Wagens steht?"

Das ließ die Tiere innehalten, und es entstand ein Schweigen. Muriel begann, die Worte zu buchstabieren. Doch Benjamin schob sie beiseite und inmitten einer tödlichen Stille las er:

"Alfred Simmonds, Pferdeschlachter und Leimkocher, Willingdon. Händler von Häuten und Knochenmehl. Tierzwinger im Angebot.'

Verstehst du nicht, was das bedeutet? Sie bringen Boxer zum Abdecker!"

Ein Schrei des Entsetzens brach aus allen Tieren hervor. In diesem Moment peitschte der Mann auf der Pritsche seine Pferde an und der Wagen bewegte sich in einem flotten Trab aus dem Hof. Alle Tiere folgten und schrien lauthals auf. Clover drängte sich an die Spitze. Der Wagen begann an Geschwindigkeit zu gewinnen. Clover versuchte, ihre kräftigen Glieder zu einem Galopp zu bewegen, und erreichte einen Galopp. "Boxer!", rief sie. "Boxer! Boxer! Boxer!" Und genau in diesem Moment, als hätte er den Aufruhr draußen gehört, erschien Boxers Gesicht mit dem weißen Streifen auf der Nase an dem kleinen Fenster im hinteren Teil des Wagens.

"Boxer!", rief Clover mit schrecklicher Stimme. "Boxer! Steig aus! Steig schnell aus! Sie bringen dich in den Tod!"

Alle Tiere stimmten in den Ruf ein: "Steig aus, Boxer, steig aus!" Doch der Wagen nahm bereits Fahrt auf und entfernte sich von ihnen. Es war ungewiss, ob Boxer verstanden hatte, was Clover gesagt hatte. Doch einen Moment später verschwand sein Gesicht aus dem Fenster und es ertönte ein gewaltiges Hufgetrappel im Inneren des Vans. Er versuchte, sich den Weg nach draußen zu bahnen. Es gab eine Zeit, da hätten ein paar Tritte von Boxers Hufen den Wagen zu Kleinholz zertrümmert. Aber ach! seine Kraft hatte ihn verlassen; und in wenigen Augenblicken wurde das Geräusch der trommelnden Hufe schwächer und erstarb. In ihrer Verzweiflung begannen die Tiere die beiden Pferde, die den Wagen zogen, zum Anhalten aufzufordern. "Kameraden, Kameraden!", riefen sie. "Nehmt nicht euren eigenen Bruder mit in den Tod!" Doch die dummen Viecher, die zu unwissend waren, um zu begreifen, was vor sich ging, stellten lediglich ihre Ohren zurück und beschleunigten ihren Schritt. Boxers Gesicht tauchte nicht wieder am Fenster auf. Zu spät dachte jemand daran, vorauszurennen und das fünfgliedrige Tor zu schließen; aber in einem weiteren Augenblick war der Wagen hindurch und verschwand schnell die Straße hinunter. Boxer wurde nie wieder gesehen.

Drei Tage später wurde bekannt gegeben, dass er im Krankenhaus von Willingdon verstorben war, obwohl er jede nur erdenkliche Aufmerksamkeit erhalten hatte, die ein Pferd haben kann. Squealer kam, um den anderen die Nachricht mitzuteilen. Er war, wie er sagte, während Boxers letzten Stunden anwesend gewesen.

"Es war der rührendste Anblick, den ich je gesehen habe!", sagte Squealer, hob seinen Fersen und wischte sich eine Träne weg. "Ich war bis zum Schluss an seinem Bett. Und am Ende, fast zu schwach zum Sprechen, flüsterte er mir ins Ohr, dass sein einziger Kummer darin bestand, gestorben zu sein, bevor die Windmühle fertig war. 'Vorwärts, Kameraden!', flüsterte er. 'Vorwärts im Namen der Rebellion. Es lebe die Farm der Tiere! Es lebe Kamerad Napoleon! Napoleon hat immer Recht.' Das waren seine allerletzten Worte, Kameraden."

Hier änderte sich Squealers Haltung plötzlich. Er verstummte für einen Moment, und seine kleinen Augen warfen misstrauische Blicke von einer Seite zur anderen, bevor er fortfuhr.

Es war ihm zu Ohren gekommen, sagte er, dass ein törichtes und böses Gerücht zum Zeitpunkt von Boxers Umzug in Umlauf gebracht worden war. Einige der Tiere hatten bemerkt, dass der Lieferwagen, der Boxer abtransportierte, die Aufschrift "Pferdeschlachter" trug, und waren tatsächlich zu dem Schluss gekommen, dass Boxer zum Abdecker geschickt werden sollte. Es sei fast unglaublich, sagte Squealer, dass ein Tier so dumm sein könne. Sicherlich, rief er entrüstet, schnippte mit dem Schwanz und hüpfte von einer Seite zur anderen, sicherlich haben sie ihren geliebten Anführer, Kamerad Napoleon, besser gekannt als das? Dabei war die Erklärung eigentlich ganz einfach. Der Wagen hatte früher dem Abdecker gehört und war von dem Tierarzt gekauft worden, der den alten Namen noch nicht ausgemalt hatte. So war der Fehler entstanden.

Die Tiere waren enorm erleichtert, dies zu hören. Und als Squealer weitere anschauliche Details von Boxers Sterbebett erzählte, von der bewundernswerten Pflege, die er erhalten hatte, und von den teuren Medikamenten, die Napoleon ohne Rücksicht auf die Kosten bezahlt hatte, verschwanden ihre letzten Zweifel und die Trauer, die sie über den Tod ihres Kameraden empfanden, wurde durch den Gedanken gemildert, dass er wenigstens glücklich gestorben war.

Napoleon selbst erschien am folgenden Sonntagmorgen zu der Versammlung und hielt eine kurze Ansprache zu Boxers Ehren. Er sagte, dass es nicht möglich gewesen sei, die sterblichen Überreste des Kameraden zurückzubringen, um sie auf der Farm zu bestatten, aber er hatte angeordnet, dass ein großer Kranz aus den Lorbeeren im Garten des Farmhauses angefertigt und zum Grab von Boxer hinuntergeschickt werden sollte. Und in ein paar Tagen wollten die Schweine ein Gedenkbankett zu Boxers Ehren abhalten. Napoleon beendete seine Rede mit einer Erinnerung an Boxers zwei Lieblingssprüche: "Ich werde härter arbeiten" und "Kamerad Napoleon hat immer recht" - Maximen, die sich jedes Tier zu eigen machen sollte.

An dem Tag, der für das Bankett angesetzt war, fuhr der Wagen eines Lebensmittelhändlers aus Willingdon vor und lieferte eine große Holzkiste am Bauernhaus ab. In dieser Nacht ertönte lauter Gesang, dem etwas folgte, was sich wie ein heftiger Streit anhörte und gegen elf Uhr mit einem gewaltigen Glasklirren endete. Vor dem Mittag des nächsten Tages rührte sich niemand im Bauernhaus und es machte das Gerücht die Runde, dass die Schweine von irgendwoher das Geld für eine weitere Kiste Whisky erworben hatten.

Kapitel X

Die Jahre vergingen. Die Jahreszeiten kamen und gingen, die kurzen Tierleben flossen vorbei. Es kam eine Zeit, in der sich niemand mehr an die alten Tage vor der Rebellion erinnerte, außer Clover, Benjamin, Moses, dem Raben, und einer Anzahl der Schweine.

Muriel war tot; Bluebell, Jessie, und Pincher waren tot. Auch Jones war tot - er war in einem Heim für Betrunkene in einem anderen Teil des Landes gestorben. Snowball war vergessen. Boxer war vergessen, außer von den wenigen, die ihn gekannt hatten. Clover war nun eine alte, kräftige Stute, steif in den Gelenken und mit einer Tendenz zu rheumatischen Augen. Sie war zwei Jahre über das Rentenalter hinaus, aber eigentlich hatte sich noch nie ein Tier wirklich zur Ruhe gesetzt. Das Gerede, eine Ecke der Weide für überalterte Tiere zu reservieren, war längst vom Tisch. Napoleon war jetzt ein ausgewachsener Eber von etwa 4,5 Zentnern. Squealer war so fett, dass er nur noch mit Mühe aus den Augen sehen konnte. Nur der alte Benjamin war noch derselbe wie früher, nur etwas grauer um die Schnauze und seit Boxers Tod mürrischer und wortkarger als je zuvor.

Es gab jetzt viel mehr Tiere auf der Farm, obwohl der Zuwachs nicht so groß war, wie man es in früheren Jahren erwartet hatte. Viele Tiere waren geboren worden, für die die Rebellion nur eine schemenhafte Überlieferung war, die mündlich weitergegeben wurde, und andere waren gekauft worden, die vor ihrer Ankunft noch nie etwas von so einer Sache gehört hatten. Die Farm besaß nun neben Clover drei Pferde. Es waren feine, aufrechte Tiere, willige Arbeiter und gute Kameraden, aber sehr dumm. Keines von ihnen war in der Lage, das Alphabet über den Buchstaben B hinaus zu erlernen. Sie akzeptierten alles, was man ihnen über die Rebellion und die Prinzipien des

Animalismus erzählte, besonders von Clover, vor dem sie einen fast kindlichen Respekt hatten; aber es war zweifelhaft, ob sie viel davon verstanden.

Die Farm war jetzt wohlhabender und besser organisiert: Sie war sogar um zwei Felder erweitert worden, die von Mr. Pilkington gekauft worden waren. Die Windmühle war endlich erfolgreich fertiggestellt worden, und die Farm besaß eine eigene Dreschmaschine und einen Heuaufzug, und verschiedene neue Gebäude waren dazugekommen. Whymper hatte sich einen Hundewagen gekauft. Die Windmühle diente jedoch nicht zur Erzeugung von elektrischem Strom. Sie wurde zum Mahlen von Mais verwendet und brachte einen stattlichen Geldgewinn ein. Die Tiere waren fleißig dabei, eine weitere Windmühle zu bauen; wenn diese fertig war, so hieß es, würden die Dynamos installiert werden. Aber von dem Luxus, von dem Snowball die Tiere einst hatte träumen lassen, den Ställen mit elektrischem Licht und heißem und kaltem Wasser und der Dreitagewoche, war keine Rede mehr. Napoleon hatte solche Ideen als dem Geist des Animalismus zuwiderlaufend angeprangert. Das wahre Glück, so sagte er, liegt darin, hart zu arbeiten und genügsam zu leben.

Irgendwie schien es, als wäre die Farm reicher geworden, ohne die Tiere selbst reicher zu machen - außer natürlich für die Schweine und die Hunde. Vielleicht lag das zum Teil daran, dass es so viele Schweine und so viele Hunde gab. Es war nicht so, dass diese Tiere nicht arbeiteten, ganz nach ihrer Art. Es gab, wie Squealer nie müde wurde zu erklären, endlose Arbeit bei der Überwachung und Organisation der Farm. Ein Großteil dieser Arbeit war von einer Art, die die anderen Tiere nicht verstehen konnten. Squealer erzählte ihnen zum Beispiel, dass die Schweine jeden Tag enorme Arbeit in geheimnisvolle Dinge stecken mussten, die "Akten", "Berichte", "Protokolle" und "Memoranden" genannt wurden. Das waren große Papierbögen, die dicht mit Schrift bedeckt sein mussten, und sobald sie so bedeckt waren, wurden sie im Ofen verbrannt. Dies war von höchster Wichtigkeit für das Wohlergehen des Hofes, sagte Squealer. Aber dennoch, weder Schweine noch Hunde produzierten durch ihre eigene Arbeit Nahrung; und es gab sehr viele von ihnen, und ihr Appetit war immer gut.

Was die anderen angeht, so war ihr Leben, soweit sie es kannten, so wie es immer gewesen war. Sie waren in der Regel hungrig, schliefen auf Stroh, tranken aus dem Teich, arbeiteten auf den Feldern; im Winter wurden sie von der Kälte geplagt und im Sommer von den Fliegen. Manchmal durchforsteten die Älteren unter ihnen ihre schwachen

Erinnerungen und versuchten herauszufinden, ob es in den frühen Tagen der Rebellion, als Jones' Vertreibung noch nicht lange zurücklag, besser oder schlechter gewesen war als jetzt. Sie konnten sich nicht erinnern. Es gab nichts, womit sie ihr jetziges Leben vergleichen konnten: Sie hatten nichts, worauf sie sich stützen konnten, außer Squealers Zahlenlisten, die ausnahmslos zeigten, dass alles besser und besser wurde. Die Tiere fanden das Problem unlösbar; auf jeden Fall hatten sie jetzt wenig Zeit, über solche Dinge zu spekulieren. Nur der alte Benjamin behauptete, sich an jedes Detail seines langen Lebens zu erinnern und zu wissen, dass die Dinge nie viel besser oder schlechter gewesen waren und auch nie sein konnten - Hunger, Not und Enttäuschung seien, so sagte er, das unabänderliche Gesetz des Lebens.

Und doch gaben die Tiere die Hoffnung nie auf. Mehr noch, sie verloren nie, nicht einmal für einen Augenblick, ihr Gefühl der Ehre und des Privilegs, Mitglieder der Farm der Tiere zu sein. Sie war immer noch die einzige Farm in der ganzen Grafschaft - in ganz England - die Tieren gehörte und von ihnen betrieben wurde. Keiner von ihnen, nicht einmal die Jüngsten, nicht einmal die Neuankömmlinge, die von zehn oder zwanzig Meilen entfernten Farmen gebracht worden waren, hörten jemals auf, darüber zu staunen. Und wenn sie das Dröhnen des Gewehrs hörten und die grüne Flagge an der Mastspitze flattern sahen, schwoll ihr Herz mit unvergänglichem Stolz an, und das Gespräch drehte sich immer um die alten heroischen Tage, die Vertreibung von Jones, die Niederschrift der Sieben Gebote, die großen Schlachten, in denen die menschlichen Eindringlinge besiegt worden waren. Keiner der alten Träume war aufgegeben worden. Man glaubte immer noch an die Republik der Tiere, die Major vorausgesagt hatte, wenn die grünen Weiden Englands von menschlichen Füßen unberührt sein würden. Eines Tages würde sie kommen: vielleicht nicht bald, vielleicht nicht zu Lebzeiten eines der Tiere, aber sie würde kommen. Sogar die Melodie von "Tiere von England" wurde vielleicht hier und da heimlich gesummt: Auf jeden Fall war es eine Tatsache, dass jedes Tier auf der Farm sie kannte, obwohl niemand es gewagt hätte, sie laut zu singen. Es mochte sein, dass ihr Leben hart war und dass sich nicht alle ihre Hoffnungen erfüllt hatten; aber sie waren sich bewusst, dass sie nicht wie andere Tiere waren. Wenn sie hungerten, dann nicht, weil sie von tyrannischen Menschen gefüttert wurden; wenn sie hart arbeiteten, dann arbeiteten sie wenigstens für sich selbst. Keine Kreatur unter ihnen ging auf zwei Beinen. Keine Kreatur nannte eine andere Kreatur "Meister". Alle Tiere waren gleich.

Eines Tages im Frühsommer befahl Squealer den Schafen, ihm zu folgen, und führte sie zu einem Stück Brachland am anderen Ende des Hofes, das mit Birkensprösslingen bewachsen war. Die Schafe verbrachten den ganzen Tag dort und grasten unter Squealers Aufsicht an den Blättern. Am Abend kehrte er selbst zum Bauernhaus zurück, aber da es warmes Wetter war, sagte er den Schafen, sie sollten bleiben, wo sie waren. Es endete damit, dass sie eine ganze Woche lang dort blieben, während der die anderen Tiere nichts von ihnen sahen. Squealer war den größten Teil des Tages bei ihnen. Er lehrte sie, wie er sagte, ein neues Lied zu singen, wofür sie Privatsphäre brauchten.

Es war kurz nach der Rückkehr der Schafe, an einem angenehmen Abend, als die Tiere ihre Arbeit beendet hatten und sich auf den Rückweg zu den Wirtschaftsgebäuden machten, ertönte vom Hof her das erschrockene Wiehern eines Pferdes. Erschrocken blieben die Tiere auf der Stelle stehen. Es war die Stimme von Clover. Sie wieherte erneut, woraufhin alle Tiere in einen regelrechten Wettlauf ausbrachen und auf den Hof stürmten. Dann sahen sie, was Clover gesehen hatte.

Es war ein Schwein, das auf seinen Hinterbeinen lief.

Ja, es war Squealer. Ein wenig unbeholfen, als wäre er es nicht gewohnt, seine beachtliche Masse in dieser Position zu tragen, aber mit perfekter Balance schlenderte er über den Hof. Und einen Moment später kam eine lange Reihe von Schweinen aus der Tür des Bauernhauses, die alle auf ihren Hinterbeinen liefen. Einige machten es besser als andere, ein oder zwei waren sogar ein wenig unsicher und sahen aus, als hätten sie gerne die Unterstützung eines Stocks gehabt, aber jedes von ihnen schaffte seinen Weg quer über den Hof erfolgreich. Und schließlich gab es ein gewaltiges Hundegebell und ein schrilles Krähen des schwarzen Hahns, und heraus kam Napoleon selbst, majestätisch aufrecht, hochmütige Blicke von einer Seite zur anderen werfend, und mit seinen Hunden, die um ihn herumtollten.

Er trug eine Peitsche in seinem Tritt.

Es herrschte eine tödliche Stille. Erstaunt, verängstigt und zusammengekauert sahen die Tiere zu, wie die lange Reihe von Schweinen langsam über den Hof marschierte. Es war, als ob die Welt auf den Kopf gestellt worden wäre. Dann kam ein Moment, in dem der erste Schock abgeklungen war und in dem sie trotz allem - trotz ihrer Angst vor den Hunden und der über lange Jahre entwickelten Gewohnheit, sich nie zu beschweren, nie zu kritisieren, egal was passierte - vielleicht ein Wort des Protests äußerten. Doch genau in diesem Moment, wie auf ein Signal hin, brachen alle Schafe in ein gewaltiges Blöken aus.

"Vier Beine gut, zwei Beine BESSER! Vier Beine gut, zwei Beine BESSER! Vier Beine gut, zwei Beine BESSER!"

Das ging fünf Minuten lang ohne Unterbrechung so weiter. Und als die Schafe sich beruhigt hatten, war die Chance, irgendeinen Protest zu äußern, vorbei, denn die Schweine waren zurück ins Bauernhaus marschiert.

Benjamin spürte, wie eine Nase an seiner Schulter knabberte. Er schaute sich um. Es war Clover. Ihre alten Augen sahen trüber aus als je zuvor. Ohne etwas zu sagen, zerrte sie sanft an seiner Mähne und führte ihn herum zum Ende der großen Scheune, wo die Sieben Gebote geschrieben standen. Ein oder zwei Minuten lang standen sie da und starrten auf die geflickte Wand mit ihren weißen Buchstaben.

"Meine Sehkraft lässt nach", sagte sie schließlich. "Selbst als ich jung war, hätte ich nicht lesen können, was dort geschrieben stand. Aber es scheint mir, dass diese Wand anders aussieht. Sind die Sieben Gebote noch dieselben wie früher, Benjamin?"

Für einmal willigte Benjamin ein, seine Regel zu brechen, und er las ihr vor, was an der Wand geschrieben stand. Da stand jetzt nichts mehr, außer einem einzigen Gebot. Es lautete:

ALLE TIERE SIND GLEICH

ABER EINIGE TIERE SIND GLEICHER ALS ANDERE

Danach schien es nicht mehr seltsam, als am nächsten Tag die Schweine, die die Arbeit auf dem Bauernhof beaufsichtigten, alle Peitschen in ihren Hufen trugen. Es schien nicht seltsam zu sein, zu erfahren, dass die Schweine sich ein Funkgerät gekauft hatten, die Installation eines Telefons vorbereiteten und Abonnements für "John Bull", "Tit-Bits" und den "Daily Mirror" abgeschlossen hatten. Es schien nicht seltsam, als Napoleon mit einer Pfeife im Mund durch den Garten des Bauernhauses schlenderte - nein, auch nicht, als die Schweine Mr. Jones' Kleidung aus den Schränken holten und anzogen, wobei Napoleon selbst in einem schwarzen Mantel, einer Rattenfängerhose und Lederleggins erschien, während seine Lieblingssau in dem verwaschenen Seidenkleid erschien, das Mrs. Jones an Sonntagen zu tragen pflegte.

Eine Woche später, am Nachmittag, fuhr eine Anzahl von Hundekarren auf die Farm. Eine Delegation der benachbarten Bauern war zu einer Besichtigungstour eingeladen worden. Sie wurden über den ganzen Hof geführt und äußerten große Bewunderung für alles, was sie sahen, besonders für die Windmühle. Die Tiere jäteten gerade das Rübenfeld. Sie arbeiteten fleißig, hoben ihre Gesichter kaum vom Boden auf und wussten nicht, ob sie mehr Angst vor den Schweinen oder vor den menschlichen Besuchern haben sollten.

An diesem Abend ertönte lautes Lachen und Gesangseinlagen aus dem Bauernhaus. Und plötzlich, beim Klang der vermischten Stimmen, wurden die Tiere von Neugierde gepackt. Was konnte da drinnen passieren, wo sich doch zum ersten Mal Tiere und Menschen auf Augenhöhe begegneten? Einmütig begannen sie, so leise wie möglich in den Garten des Bauernhauses zu schleichen.

Am Tor hielten sie inne, halb verängstigt, um weiterzugehen, aber Clover führte sie hinein. Sie schlichen auf Zehenspitzen zum Haus, und wer groß genug war, spähte zum Fenster des Esszimmers hinein. Dort saßen rund um den langen Tisch ein halbes Dutzend Bauern und ein halbes Dutzend der bedeutenderen Schweine, wobei Napoleon selbst den Ehrenplatz am Kopf der Tafel einnahm. Die Schweine schienen sich in ihren Stühlen vollkommen wohl zu fühlen. Die Gesellschaft hatte sich mit einem Kartenspiel vergnügt, aber für den Moment unterbrochen, offensichtlich um einen Toast auszusprechen. Ein großer Krug kreiste, und die Krüge wurden mit Bier nachgefüllt. Keiner beachtete die staunenden Gesichter der Tiere, die zum Fenster hereinschauten.

Mr. Pilkington, von Foxwood, war aufgestanden, seinen Krug in der Hand. Gleich, sagte er, würde er die Anwesenden bitten, einen Toast auszusprechen. Doch bevor er dies tat, gab es noch ein paar Worte, die er zu sagen hatte.

Es sei eine Quelle großer Zufriedenheit für ihn - und, da war er sich sicher, auch für alle anderen Anwesenden - zu spüren, dass eine lange Zeit des Misstrauens und der Missverständnisse nun zu Ende gegangen sei. Es gab eine Zeit - nicht, dass er oder einer der Anwesenden solche Gefühle geteilt hätte - aber es gab eine Zeit, in der die angesehenen Besitzer der Farm der Tiere von ihren menschlichen Nachbarn nicht mit Feindseligkeit, aber vielleicht mit einem gewissen Maß an Misstrauen betrachtet wurden. Unglückliche Vorfälle hatten sich ereignet, falsche Vorstellungen waren verbreitet worden. Man war der Meinung, dass die Existenz eines Bauernhofes, der von Schweinen betrieben wird, irgendwie abnormal sei und eine beunruhigende Wirkung auf die Nachbarschaft haben könnte. Zu viele Landwirte hatten ohne Nachforschungen angenommen, dass auf einer solchen Farm ein Geist der Willkür und Disziplinlosigkeit herrschen würde. Sie waren nervös wegen der Auswirkungen auf ihre eigenen Tiere oder sogar auf ihre menschlichen Angestellten. Aber all diese Zweifel waren nun zerstreut. Heute hatten er und seine Freunde die Farm der Tiere besucht und jeden Zentimeter mit ihren eigenen Augen inspiziert, und was fanden sie? Nicht nur die modernsten Methoden, sondern auch eine Disziplin und eine Ordnung, die allen Bauern überall ein Beispiel sein sollte. Er glaubte, dass er Recht hatte, wenn er sagte, dass die niederen Tiere auf der Farm der Tiere mehr Arbeit verrichteten und weniger Futter erhielten als alle Tiere in der Grafschaft. In der Tat hatten er und seine Mitbesucher heute viele Dinge beobachtet, die sie sofort auf ihren eigenen Farmen einführen wollten.

Er beendete seine Ausführungen, indem er noch einmal die freundschaftlichen Gefühle betonte, die zwischen der Farm der Tiere und ihren Nachbarn herrschten und herrschen sollten. Zwischen Schweinen und Menschen gab es keinen Interessengegensatz, und es muss auch keinen geben. Ihre Kämpfe und ihre Schwierigkeiten waren eins. War das Problem der Arbeit nicht überall das gleiche? An dieser Stelle wurde deutlich, dass Mr. Pilkington im Begriff war, einen sorgfältig vorbereiteten Witz auf die Gesellschaft loszulassen, aber für einen Moment war er zu sehr von Belustigung überwältigt, als dass er ihn hätte aussprechen können. Nach langem Würgen, bei dem sich seine verschiedenen Kinnpartien lila färbten, schaffte er es, ihn herauszubringen: "Wenn ihr mit euren niederen Tieren zu kämpfen habt", sagte er, "dann haben wir unsere niederen Klassen!" Dieser BON MOT setzte den Tisch in Aufruhr; und Mr. Pilkington beglückwünschte die Schweine noch einmal zu den niedrigen Rationen, den langen Arbeitszeiten und dem generellen Fehlen jeglicher Verwöhnung, die er auf der Farm der Tiere beobachtet hatte.

Und nun, sagte er schließlich, würde er die Gesellschaft bitten, sich zu erheben und sicherzustellen, dass ihre Gläser voll sind. "Meine Herren", schloss Mr. Pilkington, "meine Herren, ich bringe einen Toast aus: Auf das Gedeihen der Farm der Tiere!"

Es wurde begeistert gejubelt und mit den Füßen gestampft. Napoleon war so erfreut, dass er seinen Platz verließ und um den Tisch herumkam, um seinen Becher gegen den von Mr. Pilkington zu stoßen, bevor er ihn leerte. Als der Jubel abgeklungen war, deutete Napoleon, der auf den Beinen geblieben war, an, dass auch er ein paar Worte zu sagen hatte.

Wie alle von Napoleons Reden, war auch diese kurz und auf den Punkt gebracht. Auch er, sagte er, sei froh, dass die Zeit der

Missverständnisse zu Ende sei. Lange Zeit hatte es Gerüchte gegeben - er hatte Grund zu der Annahme, dass sie von einem bösartigen Feind in Umlauf gebracht worden waren -, dass es etwas Subversives und sogar Revolutionäres in der Einstellung von ihm und seinen Kollegen gab. Man hatte ihnen unterstellt, dass sie versuchten, eine Rebellion unter den Tieren auf den benachbarten Farmen anzuzetteln. Nichts könnte weiter von der Wahrheit entfernt sein! Ihr einziger Wunsch, jetzt und in der Vergangenheit, war es, in Frieden und in normalen Geschäftsbeziehungen mit ihren Nachbarn zu leben. Er fügte hinzu, dass diese Farm, die er die Ehre hatte zu kontrollieren, ein genossenschaftlicher Betrieb sei. Die Besitzurkunden, die sich in seinem Besitz befanden, gehörten den Schweinen gemeinsam.

Er glaube nicht, sagte er, dass das alte Misstrauen noch bestehe, aber es seien in letzter Zeit einige Änderungen in den Abläufen auf der Farm vorgenommen worden, die das Vertrauen noch weiter fördern sollten. Bislang hatten die Tiere auf der Farm die etwas alberne Angewohnheit, sich gegenseitig mit "Kamerad" anzusprechen. Dies sollte nun unterbunden werden. Es hatte auch einen sehr seltsamen Brauch gegeben, dessen Ursprung unbekannt war, jeden Sonntagmorgen an einem Wildschweinschädel vorbeizumarschieren, der an einen Pfosten im Garten genagelt war. Auch dies würde unterbunden, und der Schädel sei bereits vergraben worden. Seine Besucher hätten vielleicht auch die grüne Flagge bemerkt, die am Mast wehte. Wenn ja, hätten sie vielleicht bemerkt, dass der weiße Huf und das Horn, mit denen sie zuvor markiert war, nun entfernt worden war. Es würde von nun an eine schlichte grüne Flagge sein.

Er habe nur eine Kritik an Mr. Pilkingtons hervorragender und nachbarschaftlicher Rede anzubringen, sagte er. Mr. Pilkington hatte sich durchgehend auf die " Farm der Tiere" bezogen. Er konnte natürlich nicht wissen - denn er, Napoleon, verkündete es erst jetzt zum ersten Mal -, dass der Name "Farm der Tiere" abgeschafft worden war. Von nun an sollte die Farm als der "Herrenhof" bekannt sein - was, wie er glaubte, ihr korrekter und ursprünglicher Name war.

"Meine Herren", schloss Napoleon, "ich werde den gleichen Trinkspruch ausbringen wie zuvor, aber in einer anderen Form. Füllen Sie Ihre Gläser bis zum Rand. Meine Herren, hier ist mein Trinkspruch: Auf das Wohlergehen des Herrenhofes!"

Es gab den gleichen herzlichen Jubel wie zuvor, und die Becher wurden bis zum Bodensatz geleert. Doch als die Tiere draußen auf die Szene blickten, schien es ihnen, dass etwas Seltsames geschah. Was war es, das sich in den Gesichtern der Schweine verändert hatte? Clovers alte, trübe Augen huschten von einem Gesicht zum anderen. Manche von ihnen hatten fünf Kinns, manche vier, manche drei. Aber was war es, das zu schmelzen und sich zu verändern schien? Dann, als der Applaus zu Ende war, nahm die Gesellschaft ihre Karten wieder auf und setzte das Spiel fort, das unterbrochen worden war, und die Tiere schlichen lautlos davon.

Aber sie waren noch keine zwanzig Meter weit gekommen, als sie kurz innehielten. Ein lautes Stimmengewirr kam aus dem Bauernhaus. Sie eilten zurück und schauten erneut durch das Fenster. Ja, ein heftiger Streit war im Gange. Es gab Geschrei, Schläge auf den Tisch, scharfe misstrauische Blicke, wütende Widerworte. Die Quelle des Ärgers schien darin zu liegen, dass Napoleon und Mr. Pilkington jeweils gleichzeitig ein Pik-Ass gespielt hatten.

Zwölf Stimmen schrien vor Wut, und sie waren alle gleich. Keine Frage, was nun mit den Gesichtern der Schweine geschehen war. Die Tiere draußen schauten von Schwein zu Mensch, von Mensch zu Schwein und wieder von Schwein zu Mensch; aber es war bereits unmöglich zu sagen, wer was war.

November 1943 - Februar 1944

ENDE

Buchtipps
Unterhaltungsbücher

Allan Quatermain und der Zauberer im Zululand
Abenteuerroman. Autor: Haggard, Henry Rider. Der Titel ‚Allan Quatermain und der Zauberer im Zululand' ist der Band 10 in der Buchreihe ‚Historical Diamond'. Der Autor Sir Henry Rider Haggard war als britischer Schriftsteller ein Vertreter des englischen Abenteuerromans des 19. Jahrhunderts. Eine seiner bekanntesten Romangestalten ist der englische Abenteurer Allan Quatermain. In dieser Buchreihe werden die Juwelen bedeutender ...

Allan Quatermain und die heilige Blume
Allan Quatermain und die heilige Blume: Abenteuerroman (Historical Diamond) von Klaus-Dieter Sedlacek (Herausgeber), Henry Rider Haggard (Autor) Der Titel ‚Allan Quatermain und die heilige Blume' ist der Band 14 in der Buchreihe ‚Historical Diamond'. Der Autor Sir Henry Rider Haggard war als britischer Schriftsteller ein Vertreter des englischen Abenteuerromans des 19. Jahrhunderts. Eine seiner bekanntesten Romangestalten ist ...

Alraune
Ein phantastischer Vampirroman. Autor: Hanns Heinz Ewers. Der Titel „Alraune" ist der Band 21 in der Buchreihe „Historical Diamond". Die Geschichten des deutschen Bestsellerautors Hanns Heinz Ewers kreisen um die Themen Phantastik, Erotik, Kunst und Reisen in exotische Länder. Seine teils äußerst drastischen Darstellungen machten ihn zu einer skandalumwitterten Persönlichkeit. Der Erfolg seiner Bücher ermöglichte es ihm, ...

Armageddon 2419 AD
Deutschsprachige Ausgabe Autor: Nowlan, Phillip Frances Die Erzählung Armageddon 2419 A.D beschreibt eine endzeitliche Katastrophe im Amerika des 25. Jahrhunderts. Das ganze Land wurde von den Chaharen Han erobert. Die Han besitzen eine hochentwickelte Technologie und haben große Fluggeräte mit Desintegrator-Strahlenwaffen, die tödlich wirken. Von Zeit zu Zeit fallen sie in das amerikanische Land ein, um die letzten ...

Atlantis
Atlantis Die Rückkehr der Götter Autor: Hoernes, Moriz Atlantis ist ein mythisches Inselreich, das der antike griechische Philosoph Platon als Erster erwähnte und beschrieb. Das Atlantis dieser Erzählung lehnt sich an die Überlieferung an, spielt jedoch in neuerer Zeit. Die Geschichte beginnt im Mai 187o, als die Regierung eine kleine Expedition zur Erforschung der Insel Anthusa im Ägäischen ...

Attila – König der Hunnen
Attila – König der Hunnen: Epischer Historienroman (Historical Diamond) von Klaus-Dieter Sedlacek (Herausgeber), Felix Dahn (Autor) Der Titel ‚Attila – König der Hunnen' ist der Band 11 in der Buchreihe ‚Historical Diamond'. Der Autor und Historiker Felix Dahn lehrte als Hochschullehrer an verschiedenen deutschen Universitäten. Seine historischen Romane über die Spätantike und die Völkerwanderung zählen heute immer ...

Bernices Bubikopf
Bernices Bubikopf Kultige Story aus ‚Flappers and Philosophers' 5 Autor: Fitzgerald, F. Scott Bernices Bubikopf („Bernice Bobs Her Hair") ist eine Geschichte von F. Scott Fitzgerald, die 1920 geschrieben und erstmals im Mai desselben Jahres in der Saturday Evening Post veröffentlicht wurde. Kurz danach, am 10. September 1920, erschien die Geschichte in Fitzgeralds Anthologie Flappers and Philosophers. Im ...

Bomben auf Monte Carlo
Bomben auf Monte Carlo Roman Autor: Reck-Mallacewzewn, Fritz Der Titel ‚Bomben auf Monte Carlo' ist der Band 15 in der Buchreihe ‚Historical Diamond'. Der Autor Friedrich (Fritz) Percyval Reck-Malleczewen war ein deutscher Arzt und Schriftsteller. In seinen Romanen verarbeitete Friedrich Reck-

Malleczewen wiederholt seine Reiseerfahrungen. Daneben schrieb er zahlreiche Jugenderzählungen. Sein Vorbild war Robert Louis Stevenson. Sein Roman Bomben ...

Conan der Legendäre: Der Schwarze Koloss

Autor: Howard, Robert E. „Der schwarze Koloss" ist eine der originalen Geschichten mit dem fiktiven Schwert- und Zaubereihelden Conan dem Legendären, geschrieben vom amerikanischen Autor Robert E. Howard und erstmals im Juni 1933 in der Zeitschrift Weird Tales veröffentlicht. Die Geschichte spielt im pseudohistorischen Hyborianischen Zeitalter. Das winzige Königreich Khoraja – mit einer gemischten hyborianischen / schemitischen ...

Conan der Legendäre: Der Schwarze Zirkel

Autor: Howard, Robert E. „Der Schwarze Zirkel" (The People of the Black Circle) ist eine der Original-Novellen über Conan dem legendären Barbaren, geschrieben vom amerikanischen Autor Robert E. Howard und erstmals in der Zeitschrift Weird Tales in drei Teilen in den Ausgaben vom September, Oktober und November 1934 veröffentlicht. Die Geschichte spielt im pseudohistorischen Hyborianischen Zeitalter und ...

Conan der Legendäre: Eine Hexe wird geboren

Conan der Legendäre Eine Hexe wird geboren Autor: Howard, Robert E. „Eine Hexe wird geboren" ist eine der Originalgeschichten von Robert E. Howard über Conan den Kimmerier. Sie wurde erstmals 1934 in Weird Tales veröffentlicht. Die Geschichte handelt von einer Hexe, die ihre Zwillingsschwester als Königin eines Stadtstaates ersetzt, was sie in Konflikt mit Conan bringt, der der ...

Conan der Legendäre: Rote Nägel

Autor: Howard, Robert E. „Rote Nägel" ist eine der seltsamsten Geschichten, die je geschrieben wurden – die Geschichte eines barbarischen Abenteurers, einer Piratenfrau und einer verschollenen unheimlichen Stadt, die von dem eigentümlichsten Volk der Menschheit bewohnt wurde ... Es ist die letzte der originalen Geschichten über Conan den Legendären Kimmerier, die der amerikanische Autor Robert E. ...

Conan der Legendäre, Jenseits des Schwarzen Flusses

Autor: Howard, Robert E. „Jenseits des Schwarzen Flusses" (engl. „Beyond the Black River") ist eine der originalen Geschichten über Conan den Kimmerier, geschrieben vom amerikanischen Autor Robert E. Howard und erstmals veröffentlicht in der Zeitschrift Weird Tales, Mai-Juni 1935. Die Geschichte spielt in Conajohara, einer neu gegründeten Provinz in Aquilona. Balthus, ein junger Siedler auf dem Weg ...

Dalyrimple läuft unrund

Dalyrimple läuft unrund Kultige Story aus ‚Flappers and Philosophers' 7 Autor: Fitzgerald, F. Scott Dalyrimple läuft unrund („Dalyrimple Goes Wrong") ist eine Geschichte aus der Geschichtensammlung Flappers and Philosophers von F. Scott Fitzgerald über einen jungen Kriegsveteranen, der sich dem Verbrechen zuwendet, weil er sich von der Gesellschaft nicht gewürdigt fühlt. Das Hauptthema der Geschichte ist die jugendliche ...

Das Albtraumzimmer

Das Albtraumzimmer Geschichten über Angst und Geheimnisse 1 Autor: Doyle, Conan Das Wohnzimmer der Masons war ein sehr einzigartiger Raum. An einem Ende war es mit beträchtlichem Luxus ausgestattet. Die tiefen Sofas, die niedrigen, luxuriösen Sessel, die üppigen Statuetten und die reichen Vorhänge, die an tiefen und ornamentalen Wänden aus Metall hingen, bildeten einen passenden Rahmen für die ...

Das Elfenbeinkind

Das Elfenbeinkind: Ein Allan Quatermain Abenteuerroman (Historical Diamond) (Deutsch) von Klaus-Dieter Sedlacek (Herausgeber), Henry Rider Haggard (Autor) Der Titel ‚Das Elfenbeinkind' ist der Band 16 in der Buchreihe ‚Historical Diamond'. Der Autor Sir Henry Rider Haggard war als britischer Schriftsteller ein Vertreter des englischen Abenteuerromans des 19. Jahrhunderts. Eine seiner bekanntesten Romangestalten ist der englische Abenteurer Allan ...

Das Geheimnis der Kaffeekanne

Das Geheimnis der Kaffeekanne Sexton Blake Detektiv Story 2 Autor: Blake, Sexton Es war fast Mitternacht. Die Mondsichel hing tief über den Bäumen, die sich um Richmond versammelten. Die Sterne schienen an hauchdünnen Goldfäden unter einem Himmel zu hängen, dessen purpurne, menschenleere

Weiten sich dem Mann, der in einem faul dahintreibenden Kanadier Kanu lag, von Sekunde zu Sekunde ...

Das Glück des Wahnsinnigen

Das Glück des Wahnsinnigen Eine Joseph Londe Horror Story VIII Autor: Oppenheim, E. Phillips Ein junger Mann, der gerade erst in Monte Carlo angekommen war, schlenderte an einem strahlenden Februarmorgen gegen halb eins an der Arkade entlang in Richtung Giro's Restaurant, mit der Absicht, einen Tisch für das Mittagessen zu bestellen. Kaum hatte er den Maitre d'Hotel gegrüßt, ...

Das grausige Hobby von Sir Joseph Londe

Sammelband. Alle zehn Horrorstories Autor: Oppenheim, E. Phillips „Was für einen Unfug wollen Sie von mir?", fragte Daniel – vergeblich versuchte er, sich aufzusetzen. „Nur um einen Blick auf Ihr Gehirn zu werfen", war die angenehme Antwort. „Mein – mein was?" Daniel keuchte. „Ihr Gehirn", wiederholte der andere, nahm eines der Messer aus der Schachtel und untersuchte es kritisch. „Übrigens, ...

Das grausige Hobby von Sir Joseph Londe

Das grausige Hobby von Sir Joseph Londe: Sammelband. Alle zehn Horrorstories (ToppBook Belletristik 6) 1. Auflage, Kindle Ausgabe von E. Phillips Oppenheim (Autor), Klaus-Dieter Sedlacek (Herausgeber) „Was für einen Unfug wollen Sie von mir?", fragte Daniel – vergeblich versuchte er, sich aufzusetzen. „Nur um einen Blick auf Ihr Gehirn zu werfen", war die angenehme Antwort. „Mein – mein was?" ...

Das Haus in der Salisbury Ebene

Das Haus in der Salisbury Ebene Eine Joseph Londe Horror Story III Autor: Oppenheim, E. Phillips Ein Mann brachte gegen neun Uhr in einer wilden, stürmischen Nacht seinen Ford-Motorwagen vor einem Schild auf dem trostlosesten Teil der Salisbury Ebene zum Stehen. Der Wind dröhnte wie eine unaufhörliche Kanonade über die weiten, leeren Flächen. Der Mann, der Richard Bryan ...

Das Kristall-Ei

und Eine Terrornacht / Operation in der vierten Dimension / In der Raumzeit verirrt. Autor: Wells, H.G.; Breuer, Miles J.; Zagat, Arthur Leo Dieses Buch enthält unter anderem eine gewaltige Geschichte von einem der größten Wissenschaftsautoren. Es ist eine Geschichte, die Sie bis zum Ende raten lässt – eine Geschichte, die Ihnen noch viele Jahre später in ...

Das Paradies der Damen

Das Paradies der Damen: Roman (Historical Diamond) von Klaus-Dieter Sedlacek (Herausgeber), Emile Zola (Autor) Der Titel ‚Das Paradies der Damen' ist der Band 19 in der Buchreihe ‚Historical Diamond'. Der Autor Emile Zola war ein französischer Schriftsteller, Maler und Journalist. Er gilt als einer der großen französischen Romanciers des 19. Jahrhunderts und als Leitfigur und Begründer der ...

Das Rätsel von Ravensbrok

Das Rätsel von Ravensbrok Krimi von der Waterkant Autor: Hyan, Hans Der Titel ‚Das Rätsel von Ravensbrok: Krimi von der Waterkant' ist der Band 7 in der Buchreihe ‚Historical Diamond'. Der in Berlin geborene Autor Hans Hyan verfasste vor allem Kriminalromane. Hyan war liberal und sozialkritisch eingestellt. In dieser Buchreihe werden die Juwelen bedeutender klassischer Autoren in einer qualitativ ...

Das rote Zimmer

und Der neue Nervenbeschleuniger / Das Ding von – „Draußen" / Die Farbe aus dem All Autor:Wells, H.G.; England, G. A.; Lovecraft, H.P. Ein ungenannter Protagonist und Erzähler beschließt, die Nacht in einem angeblich gespenstischen Raum zu verbringen, der im lothringischen Schloss knallrot gefärbt ist. Er beabsichtigt, die Legenden, die ihn umgeben, zu widerlegen. Trotz der vagen ...

Das Seelen-Spektroskop

Das Seelen-Spektroskop Eine Fantasy Story Autor: Mitchell, Edward Page Gemäß einer Einladung, die mir auf der letzten Sitzung des Radikalen Klubs – übrigens einer Organisation, die eine edle Arbeit leistet, um unser Wissen über das Unbekannte zu erweitern – ausgesprochen wurde, verweilte ich gestern in den Räumen von Professor Dumkopp in der Joy Street im West End. Ich ...

Das Spinnennetz

Das Spinnennetz Spionagethriller Autor: Roth, Joseph Der Titel „Das Spinnennetz" ist der Band 22 in der Buchreihe „Historical Diamond". Nach seinem Germanistikstudium wurde der Journalist und Schriftsteller Joseph Roth Korrespondent der Frankfurter Zeitung. In seinen Romanen beschreibt Roth meist das Konkrete und bemüht sich um eine sehr genaue Beobachtung. Der bekannte Literaturkritiker Marcel Reich-Ranicki würdigte in seinem Vortrag ...

Das unvollkommene Verbrechen

Das unvollkommene Verbrechen Ein Peter Hames Krimi Autor: Oppenheim, E. Phillips Aus dem Büro von Monsieur Dumesnil, dem Kassierer und allmächtigen Financier des Sporting Club, trat ein bleichgesichtiger, schlanker und nicht unterschiedslos aussehender junger Mann hervor und schloss die Tür leise hinter sich. Sein erster rascher Blick den stark mit Teppichboden ausgelegten Gang auf und ab zeigte ihm, ...

Das Weltenfahrzeug zwischen den Riesen-Kometen

Das Weltenfahrzeug zwischen den Riesen-Kometen Der Weltenfahrer und sein Raumschiff Bd. 66 Autor: Sedlacek, Klaus-Dieter (Hrsg.) Der Weltenfahrer und sein Raumschiff (ursprünglicher Titel: Der Luftpirat und sein lenkbares Luftschiff, auch bekannt als Kapitän Mors der Luftpirat) war eine deutsche Science-Fiction-Heftromanserie. Es war die erste deutsche Serie dieser Art und vermutlich eine der ersten Science – Fiction – Romanheftserien ...

Der Alchemist Leonhard Thurneysser

Die Lebensgeschichte des Goldmachers von Berlin. Autor: Sedlacek, Klaus-Dieter (Hrsg.) . Der im Jahr 1531 geborene Leonhard Thurneysser erlernte als Sohn eines Goldschmieds in Basel die Kunst seines Vaters, übernahm aber bald die Stellung eines Famulus bei Dr. Huber, welchem er Arzneien bereiten und Schriften des Paracelsus vorlesen musste. Bereits mit 17 Jahren heiratete er eine Witwe. ...

Der Attentäter

Der Attentäter Roman Autor: Strobl, Karl Hans „Eine Bombe," murmelte er, „eine Bombe! Da haben wir's. Jetzt geht es bei uns auch schon so ..." Und noch schreckensbleich, aber im Vollgefühl seiner Verantwortung für alles, was nun folgen mußte, begann er Glassplitter und Tapeziernägel mit den Händen zusammenzufegen ... Der Titel „Der Attentäter" ist der Band 1 in der ...

Der Bischof

Der Bischof Meisterwerke der Literatur 2 Autor: Tschechow, Anton Bischof Pjotr war früher auf dem Priesterseminar drei Jahre Griechischlehrer und dann Mönch sowie Inspektor geworden. Als Zweiunddreißigjähriger wurde er promoviert und Archimandrit (Vorsteher eines Klosters). Vorher hatte Pjotr acht Jahre lang sorgenfrei im Ausland gelebt. Schon während der Messe im Kloster am Abend vor Palmsonntag fühlt er sich ...

Der Chinese

Der Chinese Ein Wachtmeister-Studer-Krimi Autor: Glauser, Friedrich Der Titel ‚Der Chinese' ist der Band 13 in der Buchreihe ‚Historical Diamond'. Der Autor Friedrich Charles Glauser war ein Schweizer Schriftsteller, dessen Leben geprägt war von Drogen und Einweisungen in psychiatrischen Anstalten. Trotzdem erlangte er mit seinen Wachtmeister-Studer-Romanen literarischen Ruhm. Er gilt als einer der bedeutendsten deutschsprachigen Krimiautoren. In dieser Buchreihe ...

Der Eispalast

Der Eispalast Kultige Story aus ‚Flappers and Philosophers' 2 Autor: Fitzgerald, F. Scott Die modernistische Geschichte Der Eispalast („The Ice Palace"), geschrieben von F. Scott Fitzgerald und veröffentlicht in The Saturday Evening Post, 22. Mai 1920 ist eine von acht Geschichten, die ursprünglich in Fitzgeralds erster Sammlung Flappers and Philosophers (New York City: Charles Scribner's Sons, 1920) veröffentlicht ...

Der fanatische Prophet

Der fanatische Prophet Geschichten über Angst und Geheimnisse 2 Autor: Doyle, Conan Flight-Commander Stangate hätte glücklich sein sollen. Er war sicher und unverletzt durch den Krieg gekommen und mit einem guten Namen wegen seiner heldenhaften Dienste. Er war gerade erst dreißig geworden, und eine große Karriere schien vor ihm zu liegen. Vor allem aber ging die schöne Mary ...

Der Feind aus dem Dunkel

Der Feind aus dem Dunkel Kriminalroman Autor: Hruschka, Annie Der Titel ‚Der Feind aus dem Dunkel' ist der Band 4 in der Buchreihe ‚Historical Diamond'. Die Autorin Anni Hruschka war eine österreichische Schriftstellerin, die über 120 Kriminal- und Unterhaltungsromane verfasste. Als Verfasserin vielgelesener Zeitungsromane ist sie weit über die Grenzen ihrer Heimat bekannt geworden. In der Buchreihe ‚Historical Diamond' ...

Der Geheimagent

Der Geheimagent Politthriller Autor: Conrad, Joseph Meldung: „Bombe im Greewich-Park. Halb zwölf Uhr. Wirkung der Explosion noch bis Romney Road und Park Place bemerkbar. Ungeheures Loch im Boden. Ringsherum Reste eines Menschen, in tausend Stücke zerrissen. …" Der Titel ‚Der Geheimagent' ist der Band 20 in der Buchreihe ‚Historical Diamond'. Der Autor Joseph Conrad befuhr als britischer Kapitän die …

Der Hauch der Borgias

Der Hauch der Borgias Eine Joseph Londe Horror Story IX Autor: Oppenheim, E. Phillips „Beeil dich, Joseph! Ich muss dir etwas zeigen." … „Nun, was willst du mir zeigen", fragte er abwesend und beobachtete die Rundung von Judiths weißem Arm, als sie die Kaffeekanne anhob. Mit der anderen Hand schob sie ihm eine illustrierte Zeitung rüber und zeigte stolz auf …

Der Kuss des jungen Mannes

Der Kuss des jungen Mannes Eine Joseph Londe Horror Story VI Autor: Oppenheim, E. Phillips Der junge Mann starrte ihn einen Moment lang müde an. „Sind Sie verrückt?", fragte er schließlich … „Nicht verrückt", leugnete Londe ernsthaft, „obwohl ich mich leider wegen einer kleinen Schwäche schuldig bekennen muss. Abgesehen davon kann ich wohl mit Sicherheit sagen, dass ich einer der …

Der Leichenschänder

Eine Joseph Londe Horror Story X Autor: Oppenheim, E. Phillips „Judith", gestand er, „ich habe schreckliche Stunden verbracht.… „Was haben wir getan? Warum verstecken wir uns? Mein Gehirn ist voll von verschwommenen Gedanken. Ich habe den Alptraum des Chirurgen gehabt. Ich träumte, dass ich gesunde Männer operierte, dass mein Messer aus irgendeinem unerfindlichen Grund immer auf der …

Der Mann mit dem porösen Schädel

Der Mann mit dem porösen Schädel Aus Sonderbare Geschichten II Autor: Bierbaum, Otto Julius Eine Reise durch Flandern ließ mich in Centéglises Station machen. Warum auch nicht? Es gab da in einem alten Gemeindehaus ein paar alte Bilder zu sehen. Allerdings kommt mir die Manier, jeder verräucherten Ölschwarte frisch nach ihrer Entdeckung auf irgendeinem Speicher sofort den oder jenen berühmten Namen …

Der Mann ohne Körper

Der Mann ohne Körper Eine Fantasy Story Autor: Mitchell, Edward Page Als ich den Kopf zum ersten Mal sah, war ich von ihm beeindruckt. Die nachdenkliche Intelligenz der Gesichtszüge hat mich überzeugt. Das Gesicht ist bemerkenswert, obwohl die Nase verschwunden und die Nasengrube schlecht erhalten ist. … Schließlich war ich nicht sonderlich überrascht, nachdem ich den Kopf fast ein …

Der Mann, der Wunder vollbringen konnte

und Der Maschinenmensch von Ardathia / Der Todesstaub / Der Gesandte der Aliens Autor: Wells, H.G.; Flagg, Francis; Zagat, Arthur Leo; Jameson, Malcolm Die Titel-Geschichte ist ein Beispiel für die große zeitgenössische Fantasy.Sie stellt als Fantasy-Prämisse (einen Zauberer mit enormer, praktisch unbegrenzter magischer Kraft) nicht in eine exotische, halbmittelalterliche Kulisse, sondern in den tristen Routinealltag des Londoner …

Der Mord in der Shaftesbury Avenue

Der Mord in der Shaftesbury Avenue Eine Joseph Londe Horror Story IV Autor: Oppenheim, E. Phillips Am Zielort verließen sie den Aufzug und stiegen die letzte Treppe hinauf. Ann öffnete die Tür des Vorzimmers zum Büro und warf beim Durchschreiten des Raumes die Innentür auf. „Mr. Windergate ist hier, um Sie zu sehen, Mr. Rocke", kündigte sie an. Die am …

Der Offshore-Pirat

Der Offshore-Pirat Kultige Story aus „Flappers and Philosophers" 1 Autor: Fitzgerald, F. Scott „Der Offshore-Pirat" ist eine Geschichte, die 1920 von F. Scott Fitzgerald geschrieben wurde. Es ist eine von acht Geschichten, die in Fitzgeralds erster veröffentlichter Sammlung „Flappers and Philosophers" enthalten sind. Die Story handelt von Ardita Farnam, die auf einer Reise nach Florida ist. Ihr Boot wird …

Der scharlachrote Fleck

Der scharlachrote Fleck Eine Joseph Londe Horror Story I Autor: Oppenheim, E. Phillips „Ich möchte mein Haus verkaufen", kündigte Mr. Britton an. Der Hausmakler schaute seinen Besucher über seine Brille hinweg mit einer gewissen Überraschung an. „Aber, Mr. Britton, ich dachte, Sie hätten sich für immer bei uns niedergelassen", sagte er und zog langsam sein Hauptbuch auf sich zu. „Sie …

Der Schrecken von Elton Lodge

Eine Joseph Londe Horror Story II Autor: Oppenheim, E. Phillips Colonel Sir Francis Worton, K.C.B., D.S.O., der seit der formellen Einweihung seiner neuen Abteilung als Q20 unter Berufskollegen offiziell bekannt war, stand vor dem offenen Fenster von Daniel Rocke's Büro ... „Diese bemerkenswert gut aussehende Sekretärin von Ihnen – lassen Sie mich sehen, wie sagten Sie, heißt sie ...

Der schreckliche Gott Taa
und Die Pilzvergiftung, Satan geht zum Angriff über, Jenseits des Zeittors Autor: Wells, H.G.; Jameson, Malcolm; Zagat, Arthur Leo; O'Brien, David Wright Die Titel-Geschichte „Der Schreckliche Gott Taa" stammt vom amerikanischen Schriftsteller Malcolm Jameson. „Die großen Bleichgesichter der Erde brachten den Schrecken zum friedlichen Planeten Arania – sie versklavten seine Bewohner und beraubten ihn seiner Schönheit. Aber das ...

Der Segen
Der Segen Kultige Story aus ‚Flappers and Philosophers' 6 Autor: Fitzgerald, F. Scott Der Segen („Benediction") ist eine Geschichte des amerikanischen Autors F. Scott Fitzgerald, die erstmals 1920 in Fitzgeralds Geschichtensammlung Flappers and Philosophers veröffentlicht wurde. Sie erzählt von einem jungen Mädchens, Lois, die auf dem Weg zu einem Stelldichein mit ihrem Geliebten Howard ist und einen Zwischenstopp ...

Der Skandal um Pfarrer Brown
Sammelband mit 9 Father Brown Krimis. Autor: Chesterton, G. K. „Es wäre nicht fair, die Abenteuer von Pfarrer Brown aufzuzeichnen, ohne zuzugeben, dass er einst in einen schwerwiegenden Skandal verwickelt war. Es gibt immer noch Personen, vielleicht sogar aus seiner eigenen Gemeinschaft, die sagen würden, dass eine Art Schandfleck auf seinem Namen lag. Es geschah in einem ...

Der Tag der Vergeltung
Der Tag der Vergeltung Kriminalroman Autor: Green, Anna Katharine Der Titel ‚Der Tag der Vergeltung' ist der Band 5 in der Buchreihe ‚Historical Diamond'. Die Autorin Anna Katherine Green, geborene Anna Katharine Rohlfs, war eine US-amerikanische Schriftstellerin von viktorianischen Kriminalromanen. Sie gilt als die ‚Mutter der Detektivgeschichten' und ist die bedeutendste Vertreterin des Genres zwischen Edgar Allan Poe ...

Die Geschichte des Eichhörnchens Nussbacke
Die Geschichte des Eichhörnchens Nussbacke The tale of sqirrel Nutkin. Bilingual – Zweisprachig: Englisch – Deutsch Autoren: Potter, Beatrix; Sedlacek, Klaus-Dieter The Tale of Squirrel Nutkin is a children's book written and illustrated by Beatrix Potter. The story is about an impertinent red squirrel named Nutkin and his narrow escape from an owl called Old Brown. The book ...

Die Hexe
Die Hexe Meisterwerke der Literatur 1 Autor: Tschechow, Anton Im Schneesturm ist die Postkutsche in die Irre gefahren. Der junge, hellblonde Postbote wärmt sich vor der Weiterfahrt im Wächterhäuschen des Küsters Savely Gykin bei der Kirche an der Guljajew-Höhe auf. Savelys Vernunftehe mit der jungen, schönen Raissa Nilowna ist unglücklich. Der Küster glaubt zudem, seine Frau sei eine ...

Die Kristallglasschale
Die Kristallglasschale Kultige Story aus ‚Flappers and Philosophers' 4 Autor: Fitzgerald, F. Scott Die Kristallglasschale („The Cut-Glass Bowl") ist eine Geschichte des amerikanischen Autors F. Scott Fitzgerald, die erstmals in der Mai-Ausgabe 1920 des Scribner's Magazine veröffentlicht und später im selben Jahr in seine erste Geschichtensammlung Flappers and Philosophers aufgenommen wurde. Sie zeichnet das Leben eines Ehepaares in ...

Die letzte Instanz
Die letzte Instanz Geschichten über Angst und Geheimnisse 3 Autor: Doyle, Conan Als Kid Wilson zu erzählen begann, begnügten wir uns damit, ihm zuzuhören, denn die Welt, von der er sprach, war uns unbekannt, und doch hatte er auf seine eigene raue Art die Kunst, sie uns nahe zu bringen. Mit einem Stuhl in gefährlichem Winkel sitzend und ...

Die Leuchtturm-Mieter
Die Leuchtturm-Mieter Eine Joseph Londe Horror Story V Autor: Oppenheim, E. Phillips „Sie haben diesen Burschen zwei oder drei Mal in die Enge getrieben und ihn entkommen lassen. Windergate hätte ihn niemals durch die Finger gleiten lassen dürfen, als er ihn in diesem Haus auf der Salisbury-Ebene zu Fall brachte. Es war natürlich nicht Ihre Schuld. Sie sind ...

Die magische Fischgräte
Eine Feriengeschichte aus der Feder eines jungen Mädchens. Illustrierte Ausgabe Autor: Dickens, Charles Es war einmal ein König, und er hatte eine Königin; und er war der männlichste seines

Geschlechts und sie war die schönste ihres Geschlechts. Der König war, in seinem privaten Beruf Regierungsbeamter. Der Vater der Königin war ein Arzt außerhalb der Stadt gewesen. Sie hatten ...

Die Münze des Dionysios

Die Münze des Dionysios Max Carrados Detektiv-Story 1 Autor: Bramah, Ernest Die Figuren und Identitäten von Max Carrados und seinem Mitstreiter Mr. Carlyle werden in der ersten Geschichte „Die Münze des Dionysios" erklärt. Mr. Carlyle ist ein Privatdetektiv, der eine private Ermittlungsagentur leitet, die sich hauptsächlich mit Scheidung und Veruntreuung befasst. Er wird an das Haus von Wynn ...

Die Seelenverkäufer

Die Seelenverkäufer Abenteuerroman Autor: Faber, Kurt Der Titel „Die Seelenverkäufer" ist der Band 2 in der Buchreihe „Historical Diamond". Der Autor Kurt Faber arbeitete einige Jahre unter schwersten Bedingungen auf einem Walfänger und reiste durch weite Teile der Welt. Darüber schrieb er Beiträge in deutschen Zeitungen und veröffentlichte Bücher. Zwischendurch kehrte er mehrmals in die Heimat zurück, holte ...

Die Spur des Dschingis-Khan

Die Spur des Dschingis-Khan Roman vom Ende des Jahrhunderts Autor: Dominik, Hans In dieser Romanhandlung prallen eine machtbesessene asiatische Elite und die westliche Kultur aufeinander. Die von der Elite aufgestachelten Menschenmassen sind bereit, die Europäer zu erdrücken. Die Weiten Osteuropas bis zum menschenarmen asiatischen Großraum bilden den Hintergrund der abenteuerlichen Aktionen im Kampf um die Herrschaft über diese ...

Die Straße des Todes

Eine Joseph Londe Horror Story VII Autor: Oppenheim, E. Phillips Judith lachte maßlos, lachte, bis die Tränen in ihren Augen standen. Londe wartete geduldig auf ihr Urteil. Als es kam, überraschte es ihn. „Und du nennst mich weich!", rief sie spöttisch aus. „Du nennst mich dumm! Du denkst, ich habe kein Hirn!" „Was meinst du?", fragte er misstrauisch. „Es ist ...

Die Uhr, die rückwärts lief

Zeitreise Story Autor: Mitchell, Edward Page Tante Gertrudes antike Uhr aus dem 16. Jahrhundert, die von zwei Jungen rückwärts laufen gelassen wird, kehrt den Fluss der Zeit um. Dies ermöglicht den Jungen eine Zeitreise und die Teilnahme an einem historischen Abenteuer, bei dem sie zur Befreiung von Leyden nach der spanischen Belagerung der Stadt durch im 16. ...

Die Verfolgung von Mr. Blue

Die Verfolgung von Mr. Blue Eine neu übersetzte Father Brown Story V Autor: Chesterton, G. K. Es ist eine abrupte und seltsame Art von Brief, dachte Pfarrer Brown.... LIEBER MUGGLETON, Ich hätte nie gedacht, dass ich Hilfe dieser Art benötigen würde; aber ich bin fast fertig mit den Dingen. In den letzten zwei Jahren wurde es immer unerträglicher. Ich denke, ...

Die verlorene Welt

Die verlorene Welt: Abenteuerroman (Historical Diamond 9) von Conan Doyle (Autor), Klaus-Dieter Sedlacek (Herausgeber) Der Titel ‚Die verlorene Welt' ist der Band 9 in der Buchreihe ‚Historical Diamond'. Der britische Autor Sir Arthur Ignatius Conan Doyle war Arzt. Seine Praxis in Southsea/Portsmouth ließ ihm aber genügend Zeit noch Romane zu schreiben. Bekannt sind seine Sherlock-Holmes-Geschichten. Neben Kriminalgeschichten ...

Die vier Fäuste

Die vier Fäuste Kultige Story aus ‚Flappers and Philosophers' 8 Autor: Fitzgerald, F. Scott „Die vier Fäuste" („The Four Fists") ist eine Erzählung aus F. Scott Fitzgeralds Buch „Flappers and Philosophers", das 1920 nach seinem Debütroman „This Side of Paradise" veröffentlicht wurde. Die Hauptfigur, Samuel Meredith, ist ein Mann, der, wie Fitzgerald sagt, „sicher ist, dass zu bestimmten ...

Die Weltenfahrer auf dem Riesenplaneten

Die Weltenfahrer auf dem Riesenplaneten Der Weltenfahrer und sein Raumschiff Bd. 56 Autor: Sedlacek, Klaus-Dieter (Hrsg.) Der Weltenfahrer und sein Raumschiff (ursprünglicher Titel: Der Luftpirat und sein lenkbares Luftschiff, auch bekannt als Kapitän Mors der Luftpirat) war eine deutsche Science-Fiction-Heftromanserie. Sie war die erste deutsche Serie dieser Art und vermutlich eine der ersten Science – Fiction – Romanheftserien ...

Die Yacht der sieben Sünden

Die Yacht der sieben Sünden Kriminalroman Autor: Rosenhayn, Paul Der Titel ‚Die Yacht der sieben Sünden' ist der Band 6 in der Buchreihe ‚Historical Diamond'. Der Autor Paul Rosenhayn unternahm nach seinem Jurastudium ausgedehnte Reisen in Europa und Amerika und hielt sich mehrere Jahre in Indien auf. Er schrieb zunächst Beiträge für britische und auch für deutsche Zeitungen. ...

Dracula

A Gothic horror novel – Illustrated Edition. Autor: Stoker, Bram . Dracula is an Gothic horror novel which tells the story of Dracula's attempt to move from Transylvania to England so that he may find new blood and spread the undead curse. Dracula ist ein Vampir-Horror-Roman, der die Geschichte von Draculas Versuch erzählt, von Transsylvanien nach England zu ...

Dracula

Dracula: A Gothic horror novel – Illustrated Edition (Historical Diamond Book 502) (English Edition) von Bram Stoker (Autor), Klaus-Dieter Sedlacek (Herausgeber) Dracula is an Gothic novel which tells the story of Dracula's attempt to move from Transylvania to England so that he may find new blood and spread the undead curse. Dracula ist ein Vampir-Horror-Roman, der die ...

Dreimal Pfeifen

Dreimal Pfeifen: ... und die Sirene kommt (Toppbook Belletristik Digital 47) Kindle Ausgabe von Max Brand (Autor), Klaus-Dieter Sedlacek (Herausgeber) Eine Sirene ist in der griechischen Mythologie ein meist weibliches Fabelwesen (Mischwesen aus ursprünglich Mensch und Vogel, später auch Mensch und Fisch), das durch seinen betörenden Gesang die vorbeifahrenden Schiffer anlockt, um sie zu töten. Wer hätte ...

Ein Alchimist der Neuzeit

Ein Alchimist der Neuzeit Sexton Blake Detektiv Story 1 Autor: Blake, Sexton Mr. Jervis kehrte am Montagnachmittag aus Leeds zurück, und am Montagabend verschickte er zwanzig Exemplare der folgenden Anzeige, die am Mittwochmorgen in ebenso vielen Londoner und Provinzzeitungen erschien:- JOHN WELFORD. 20 Pfund werden für die gegenwärtige Adresse, falls lebend, oder für den Nachweis des Todes, falls tot, ...

Entfesselte Energie

Aus Professor Belians Tagebuch. Autor: Dominik, Han. Entfesselte Energie (ursprünglich: Professor Belians Tagebuch) von Hans Dominik ist eine technisch-wissenschaftliche Geschichte der Zukunft. Sie erschien bereits 1933 in der jährlich erscheinenden Buchreihe „Das Neue Universum". In Entfesselte Energie befasst sich Hans Dominik mit dem Problem der Nutzung der Kernfusion, obwohl er dafür einen anderen Begriff gebraucht. Es ist offensichtlich, ...

Exotische Reise durch Persien

Abenteuerlicher Bericht aus einer fremdartigen Welt des 19ten Jahrhunderts. Autor: Loti, Pierre. „Wer mit mir kommen und die Zeit der Rosenblüte in Ispahan sehen will, der mache sich gefasst auf die Gefahren eines Rittes über unwegsame Pfade auf stürzenden Pferden und auf das Gewirr der Karawansereien, wo man übereinander geschichtet in einer Nische aus gestampftem Lehm zwischen ...

Frankenstein OR THE MODERN PROMETHEUS

Newly illustrated 1831 edition. Autor: Shelley, Mary Wollstonecraft. Frankenstein; or, The Modern Prometheus is a novel that tells the story of Victor Frankenstein, a young scientist who creates a hideous, sapient creature in an unorthodox scientific experiment. Frankenstein; or The Modern Prometheus ist ein Roman, der die Geschichte von Victor Frankenstein erzählt, einem jungen Wissenschaftler, der in einem ...

Im Todeskrater des neuen Planeten

Im Todeskrater des neuen Planeten Der Weltenfahrer und sein Raumschiff Bd. 42 Autor: Sedlacek, Klaus-Dieter (Hrsg.) Der Weltenfahrer und sein Raumschiff (ursprünglicher Titel: Der Luftpirat und sein lenkbares Luftschiff, auch bekannt als Kapitän Mors der Luftpirat) war eine deutsche Science-Fiction-Heftromanserie. Es war die erste deutsche Serie dieser Art und vermutlich eine der ersten Science – Fiction – Romanheftserien ...

In der Tiefe

und Flug zum Titan / Eine Herberge der Hölle / Freddie Funks verrückte Meerjungfrau. Autor: Wells, H.G.; Weinbaum, Stanley G.; Zagat, Arthur Leo; Yerxa, Leroy Die Titel-Geschichte „In the Abyss (In der Tiefe)" stammt vom englischen Schriftsteller H. G. Wells. Sie beschreibt eine Reise des Forschers Elstead zum Meeresgrund. Dieser hat einen Apparat erfunden, mit dem eine ...

Jenseits des Äquators

Jenseits des Äquators Abenteuerroman Autor: Emmerich, Ferdinand Der Titel „Jenseits des Äquators' ist der Band 3 in der Buchreihe ‚Historical Diamond'. Der Autor Ferdinand Emmerich war ein deutscher Forscher, Abenteurer und Reiseschriftsteller. Er verfasste überwiegend Romane im Stil von Expeditions- und Abenteuerberichten, die er in Ich-Form schrieb. Dabei verarbeitete er seine eigenen Erlebnisse. In dieser Buchreihe werden die Juwelen ...

Junge Wilde und Philosophen

Die kultigen Kurzgeschichten „Flappers and Philosophers" in deutsch. Autor: Fitzgerald, F. Scott. Fitzgerald schafft ein treffendes Porträt von schönen, eigensinnigen jungen Frauen und ausschweifenden, vagabundierenden jungen Männer, die das ausmachten, was man die „Verlorene Generation" nannte. Mit ihren gegelten Haaren und den baumelnden Zigaretten sind seine Figuren raffiniert, witzig und vor allem modern. Diese ikonische Sammlung von acht ...

Kapitän Mors erste Fahrt im Weltenfahrzeug

Der Weltenfahrer und sein Raumschiff Bd. 32. Hrsg.: Sedlacek, Klaus-Dieter (Hrsg.). Der Weltenfahrer und sein Raumschiff (ursprünglicher Titel: Der Luftpirat und sein lenkbares Luftschiff, auch bekannt als Kapitän Mors der Luftpirat) war eine deutsche Science-Fiction-Heftromanserie. Es war die erste deutsche Serie dieser Art und vermutlich eine der ersten Science – Fiction – Romanheftserien der Welt. Sie wies ...

Kapitän Mors Feind im Weltraum

Kapitän Mors Feind im Weltraum: Der Weltenfahrer und sein Raumschiff Bd. 38 (Toppbook Belletristik Digital 50) von Klaus-Dieter Sedlacek (Herausgeber) Der Weltenfahrer und sein Raumschiff (ursprünglicher Titel: Der Luftpirat und sein lenkbares Luftschiff, auch bekannt als Kapitän Mors der Luftpirat) war eine deutsche Science-Fiction-Heftromanserie. Es war die erste deutsche Serie dieser Art und vermutlich eine der ersten ...

King Solomon's Mines

King Solomon's Mines A remarkable adventure by ALLAN QUATERMAIN – English Edition Autor: Haggard, Sir Henry Rider King Solomon's Mines tells of a search of an unexplored region of Africa by a group of adventurers led by Allan Quatermain for the missing brother of one of the party. It is considered to be the genesis of the Lost ...

Kleine magische Geschichten von Oz

Illustrierte Ausgabe. Autor: Baum, L. Frank Keine der Geschichten des Autors Frank Baum waren so erfolgreich wie die in seinen Oz-Büchern. Die sechs Erzählungen in diesem Buch sind: „Der feige Löwe und der hungrige Tiger" „Die kleine Dorothy und Toto" „Tiktok und der Zwergenkönig" „Ozma und der kleine Zauberer" „Jack Pumpkinhead und der Sägebock" „Die Vogelscheuche und der Blechmann" Die große Schrift, die spannenden Erzählungen ...

Kleiner Schwarzer Sambo – Little Black Sambo

Bilingual – Zweisprachig: Englisch – Deutsch. Autor: Bannerman, Helen The Story of the Little Black Sambo is a children's book written and illustrated by Scottish author Helen Bannerman and is one of a series of books entitled The Dumpy Books for Children. Both text and illustrations have undergone considerable revisions since. The story has been the children's ...

Kopf und Schultern

Kopf und Schultern Kultige Story aus ‚Flappers and Philosophers' 3 Autor: Fitzgerald, F. Scott „Kopf und Schultern" ist eine Kurzgeschichte von F. Scott Fitzgerald, die 1920 geschrieben und in der Saturday Evening Post veröffentlicht wurde. Später erschien sie in seiner Kurzgeschichtensammlung Flappers and Philosophers. Sie erzählt die Geschichte des jungen Wunderkindes Horace Tarbox, der sich trotz seiner Selbstbeherrschung ...

Korakar – Geheimnisvolles Leben unter ewigem Eis

Ein Jugendbuch des Autors: Sedlacek, Klaus-Dieter. Tief im Inneren der Erde, unter ewigem Eis verborgen, geht Suchandra, der dreiundzwanzigste Herrscher von Panchala, im Staatszimmer seines Stadtpalastes auf und ab. Ihn bekümmert es nicht, dass die Oberwelt nichts von ihm weiß. Er hat nämlich ganz andere Sorgen. Seine Tochter Yasemin, die heimlich den Flugscheibenpiloten Tayyib liebt, soll ...

Lieber allein!

Gedanken einer Junggesellin zum 30ten Geburtstag. Autor: Bell, Lilian. Die Protagonistin Ruth, eine junge Frau aus der High Society, befällt am Vorabend zu ihrem dreißigsten Geburtstag Panik, trotz vieler

Gelegenheiten ist sie bisher keine dauerhafte Beziehung eingegangen: „Morgen werde ich eine alte Jungfer sein. Welch ein Versuch, auch nur sich selbst etwas zu sagen, und wie verärgert wäre ...

Lizzie Holmes und die Kristiana-Affäre

Lizzie Holmes und die Kristiana-Affäre Kriminalroman Autor: Elvestad, Sven Der Titel ‚Lizzie Holmes und die Kristiana-Affäre' ist der Band 12 in der Buchreihe ‚Historical Diamond'. Der Autor Sven Elvestad war ein norwegischer Journalist, Schriftsteller und Übersetzer. Er wurde durch seine erstklassigen Kriminalromane bekannt. Seine Geschichten und Romane wurden in siebzehn Sprachen übersetzt. In dieser Buchreihe werden die Juwelen bedeutender ...

Losgesagt von Rom

Handeln und Empfinden einer verschworenen Gemeinschaft. Autor: Ohorn, Anton. Die Aufstellung des Dogmas der päpstlichen Unfehlbarkeit in Rom war ein Ereignis, welches die Gemüter der ganzen gebildeten Welt bewegte und die Herzen der katholischen Christen mit bangen Zweifeln und mit Schmerz erfüllte. Schwere Seelenkämpfe wurden daraufhin von manchem Katholiken und manchem katholischen Priester durchlitten. Dokumentarisch aber im ...

Marskolonie Eos

Marskolonie Eos und die verschwindende Realität Autor: Sedlacek, Klaus-Dieter Jeden Tag lösen sich in Quantum City mehr Gegenstände, Bücher und Daten in grauen Nebel auf. Die Frachtraumschiffe für die Versorgung der Marskolonie Eos sind ebenfalls spurlos verschwunden. Der Raumfahrtminister Flywell bittet Professor Allman und sein X-Team verzweifelt um Hilfe. Allman soll das allmähliche Verschwinden der Realität aufhalten. Er nimmt ...

Meuterei im Weltenfahrzeug

Meuterei im Weltenfahrzeug: Der Weltenfahrer und sein Raumschiff Bd. 40 (Toppbook Belletristik Digital 48) von Klaus-Dieter Sedlacek (Herausgeber) Der Weltenfahrer und sein Raumschiff (ursprünglicher Titel: Der Luftpirat und sein lenkbares Luftschiff, auch bekannt als Kapitän Mors der Luftpirat) war eine deutsche Science-Fiction-Heftromanserie. Es war die erste deutsche Serie dieser Art und vermutlich die erste Science – ...

Nach Geschäftsschluss oder der skrupelloses Erpresser

Nach Geschäftsschluss oder der skrupelloses Erpresser Sexton Blake Detektiv Story 3 Autor: Blake, Sexton Die Baker Street war um Mitternacht bis auf die Polizei und einen gelegentlichen Passanten menschenleer. Merkwürdig! Etwas war auf den winzigen Balkon gefallen. Es knirschte ein wenig auf dem Zement und verfing sich dann in der Eisenkonstruktion. Jemand kletterte hinauf. Ein Keuchen – ein Umklammern ...

Noa Noa

Der exotische Duft von Tahiti Autor: Gauguin, Paul Im April 1891 schiffte sich der berühmte französische Maler Paul Gauguin nach Tahiti ein. Auf der Flucht vor der europäischen Zivilisation mietete er eine Hütte im Dorf Mataiea, 40 km von Papeete entfernt. Dort lernte er die Landessprache und bald lebte er mit der jungen Tahitianerin Téha'amana (genannt auch: ...

Parallelwelt-Universum

Parallelwelt-Universum und die Suche nach der Weltformel Autor: Sedlacek, Klaus-Dieter Professor Allman und sein sechzehnjähriger Assistent Daniel Josten nehmen an einem Forschungswettbewerb teil. Sie wollen unbedingt den Sieg für ihre Universität in Quantum City heimtragen. Allmans persönlicher Ehrgeiz ist es, die Weltformel zu finden, die zum größten Geheimnis des Universums gehört. Zusammen mit dem X-Team brechen sie zur ...

Pfarrer Brown – Das unlösbare Problem

Pfarrer Brown – Das unlösbare Problem Eine neu übersetzte Father Brown Story VIII Autor: Chesterton, G. K. Dieser merkwürdige Vorfall ist in gewisser Weise vielleicht der merkwürdigste von den vielen, die ihm in die Quere kamen. Er passierte Pfarrer Brown zu einem Zeitpunkt, als sein französischer Freund Flambeau sich vom Beruf des Kriminellen zurückgezogen und mit großer Energie ...

Pfarrer Brown – Der Fluch des Buches

Eine neu übersetzte Father Brown Story III Autor: Chesterton, G. K. Professor Openshaw, eine schlanke Gestalt mit blassen, leoninfarbenen Haaren und hypnotisierend blauen Augen, tauschte auf den Stufen vor dem Hotel, wo beide an diesem Morgen gefrühstückt und die Nacht zuvor geschlafen hatten, ein paar Worte mit Pfarrer Brown aus, der ein Freund von ihm war. Der ...

Pfarrer Brown – Der Grüne Mann

Pfarrer Brown – Der Grüne Mann Eine neu übersetzte Father Brown Story IV Autor: Chesterton, G. K. Die zweite Gestalt war viel eigenwilliger; etwas eigentümlicher im Aussehen, trotz der Uniform eines korrekten Leutnants, und außergewöhnlicher im Verhalten. Sie bewegte sich seltsam unregelmäßig und unruhig, manchmal schnell und manchmal langsam, als ob sie sich nicht entscheiden könnte, ob sie ...

Pfarrer Brown – Der Laufkunde

Eine neu übersetzte Father Brown Story II Autor: Chesterton, G. K. Die merkwürdige Geschichte der ungewöhnlichen Fremden ist noch heute an jenem Streifen der Küste von Sussex in Erinnerung, wo das große und ruhige Hotel namens Maypole und Garland über seine eigenen Gärten auf das Meer blickt. In der Tat betraten an jenem sonnigen Nachmittag zwei malerisch ...

Pfarrer Brown – Der mexikanische Skandal

Eine neu übersetzte Father Brown Story I Autor: Chesterton, G. K. Es wäre nicht fair, die Abenteuer von Pfarrer Brown aufzuzeichnen, ohne zuzugeben, dass er einst in einen schwerwiegenden Skandal verwickelt war. Es gibt immer noch Personen, vielleicht sogar aus seiner eigenen Gemeinschaft, die sagen würden, dass eine Art Schandfleck auf seinem Namen lag. Es geschah in ...

Pfarrer Brown – Die Spitze einer Stecknadel

Pfarrer Brown – Die Spitze einer Stecknadel: Eine neu übersetzte Father Brown Story VII (Toppbook Belletristik Digital 18) von G. K. Chesterton (Autor), Klaus-Dieter Sedlacek (Herausgeber) Als er sich von dem Objekt seiner Begutachtung abwandte, traf er beinahe auf einen Mann, der gerade über die Straße auf ihn zugeschossen kam. Es war ein Mann, den er zwar ...

Pfarrer Brown – Die Vampirin des Dorfes

Pfarrer Brown – Die Vampirin des Dorfes Eine neu übersetzte Father Brown Story IX Autor: Chesterton, G. K. Das Rätsel, warum er Kleidungsstücke von so fantastischer Altertümlichkeit trug und sie dennoch mit einem Hauch von Mode und sogar prahlerisch präsentierte, war nur eines der vielen Rätsel, die schließlich bei der Lösung des Geheimnisses seines Schicksals gelöst wurden. Es ...

Pfarrer Brown – Doppelmord im College

Pfarrer Brown – Doppelmord im College: Eine neu übersetzte Father Brown Story VI (Toppbook Belletristik Digital 17) von G. K. Chesterton (Autor), Klaus-Dieter Sedlacek (Herausgeber) Die beiden Männer, die auf Gartenstühlen an einem kleinen Tisch saßen, waren dagegen eine Art herausstechender Schandfleck in dieser grau-grünen Landschaft. Sie waren überwiegend schwarz gekleidet, und doch glänzten sie von Kopf ...

Prinz Otto oder Der Phönix und die Freiheit

Prinz Otto oder Der Phönix und die Freiheit Roman über Intrigen und Macht, Verrat, Hinterlist und wahre Liebe – vom Autor der »Schatzinsel« und von »Dr. Jekyll und Mr. Hyde« Autor: Stevenson, Robert Louis „Stevenson wurde lange Zeit unter Wert gehandelt; jedoch etwa seit der Jahrtausendwende gehört er anerkanntermaßen zum Fundus der Weltliteratur. Und dieser Prinz Otto in ...

Quo Vadis

Quo Vadis Historienepos vom Nobelpreisträger Autor: Sienkiewicz, Henryk Der Titel ‚Quo Vadis' ist der Band 17 in der Buchreihe ‚Historical Diamond'. Der Der polnische Autor Henry Sienkiewicz wurde weltweit berühmt mit dem historischen Roman Quo Vadis, der die Christenverfolgung unter dem römischen Kaiser Nero thematisiert. Er erhielt ‚auf Grund seiner großartigen Verdienste als epischer Schriftsteller' den Nobelpreis für ...

Spreemann und Co

Spreemann und Co Historischer Berlin-Roman Autor: Berend, Alice Der Titel ‚Spreemann und Co: Historischer Berlin-Roman' ist der Band 8 in der Buchreihe ‚Historical Diamond'. Die Autorin Alice Berend schrieb zunächst Beiträge für verschiedene Zeitungen. Dann folgten Romane, meistens mit historischen und zeitgeschichtlichen Schilderungen Berlins. Ihre Romane erreichten Auflagen von mehr als hunderttausend Exemplaren. In dieser Buchreihe werden die Juwelen ...

Sternengezeugt

Eine Verschwörungstheorie über die Genmanipulation durch Außerirdische Autor: Wells H.G. In ‚Sternengezeugt' befasst sich der Autor H.G. Wells erneut mit der Idee der Existenz von Außerirdischen, über die er in dem Roman ‚Krieg der Welten' bereits geschrieben hatte. Es entsteht der Verdacht, dass die Außerirdischen zurückgekehrt sein könnten – diesmal unter Verwendung kosmischer Strahlung, um menschliche Chromosomen ...

The great god Pan / Der große Gott Pan – zweisprachig

Horror story English – German / Horror Geschichte Englisch – Deutsch. Autor: Machen, Arthur. The Great God Pan is a horror and fantasy novel by the Welsh writer Arthur Machen. Machen was inspired to write about the Great God Pan through his experiences in the ruins of a pagan temple in Wales. The novel begins with an ...

Venus im Pelz

Venus im Pelz Novelle Autor: Sacher-Masoch, Leopold von Der Titel ‚Venus im Pelz' ist der Band 18 in der Buchreihe ‚Historical Diamond'. Der österreichische Autor Sacher-Masoch war ein vielgelesener, populärer Schriftsteller. Seine zahlreichen Romane und Novellen waren teils als exotische, immer spannende Lektüre beliebt. Sacher-Masoch beschreibt in der Novelle ‚Venus im Pelz' die extremen Wechselbäder der Gefühle, die ...

Was ist die Letzte Ursache des Lebens?

Was ist die Letzte Ursache des Lebens? Vortrag ‚Die Erforschung des Lebens' Autor: Verworn, Max Das Problem des Lebens ist in gewissem Sinne das oberste Problem menschlicher Forschung. Wer sich die Mühe nimmt, die Fäden zu verfolgen, die von diesem Problem ausstrahlen, wird finden, dass sie früher oder später zu allen Problemen fuhren, die den Menschengeist beschäftigen. Das ...

Zehntausend Jahre im Eis

Zehntausend Jahre im Eis: Wie ein prähistorischer Mensch aus einem gefrorenen Zustand wiederbelebt wurde (Toppbook Belletristik Digital 49) von Robert Duncan Milne (Autor), Klaus-Dieter Sedlacek (Herausgeber) Milnes Kryogenik-Geschichte Zehntausend Jahre im Eis, in der ein Überlebender einer alten Hochkultur in der Gegenwart wiederbelebt wird, wurde ungewollt zu einem der großen literarischen Schwindel der Science-Fiction. Wegen der dokumentarischen ...

Zehntausend Jahre im Eis Teil 2

Zehntausend Jahre im Eis Teil 2: Der letzte Weltuntergang (Toppbook Belletristik Digital 51) von Robert Duncan Milne (Autor), Klaus-Dieter Sedlacek (Herausgeber) Milnes Kryogenik-Geschichte Zehntausend Jahre im Eis, in der ein Überlebender einer alten Hochkultur in der Gegenwart wiederbelebt wird, wurde ungewollt zu einem der großen literarischen Schwindel der Science-Fiction. Wegen der dokumentarischen Plausibilität, die zum Markenzeichen des ..

Zum Buchshop